KB268844

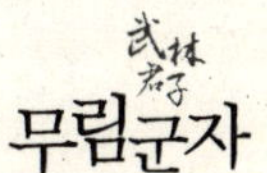

장진영 新무협 판타지 소설
FANTASTIC ORIENTAL HEROES

무림군자 2

장진영 新무협 판타지 소설

초판 1쇄 찍은 날 § 2010년 1월 7일
초판 1쇄 펴낸 날 § 2010년 1월 15일

지은이 § 장진영
펴낸이 § 서경석

편집장 § 문혜영
편집책임 § 서지현

펴낸곳 § 도서출판 청어람
등록번호 § 제1081-1-89호
등록일자 § 1999. 5. 31
어람번호 § 제2-1868호

주소 § 경기도 부천시 원미구 심곡2동 163-2 서경B/D 3F (우) 420-822
전화 § 032-656-4452 팩스 § 032-656-4453
http://www.chungeoram.com
E-mail § eoram99@chollian.net

ⓒ 장진영, 2010

ISBN 978-89-251-2546-1 04810
ISBN 978-89-251-2044-7 (세트)

※ 파본은 구입하신 서점에서 교환하여 드립니다.
※ 저자와 협의하여 인지를 붙이지 않습니다.
※ 이 책은 도서출판 청어람과 저작자의 계약에 의해 출판된 것이므로,
  무단 전재 및 유포 · 공유를 금합니다.

2

군웅할거(群雄割據)

武林君子

무림군자

FANTASTIC ORIENTAL HEROES

장진영 新무협 판타지 소설

도서출판 청어람

第一章
세력 구도

1

　청조 십년. 나라의 기틀이 잡히고, 오랑캐니 한족이니 하는
구분이 거의 모호해져 갈 때쯤 무림에도 변화가 찾아오기 시
작했다. 청의 황제가 금무령을 거두고 무(武)를 활성화하라는
무교령을 내려 무림에 대한 간섭과 탄압을 멈추었다.
　사태를 지켜보며 기다리던 구파가 봉문을 풀자 은거했던
무인들이 하나둘 기어나오기 시작했다. 서서히 무림은 전의
모습을 찾아가고 있었다.
　한 가지 달라진 것이라면 이제껏 관무불침(官武不侵)이었
던 관계에서 변화가 생긴 것이라 하겠다.
　청조의 권력자들은 나라가 안정되어 가자 정적들을 견제

하기 위해 조금씩 자신들만의 세력을 만들어두기 시작했는데, 그 이유는 건립 초기 황권을 강화하기 위해 사병제를 폐지하여 무관 계층이 아니라면 집안을 호위하기 어려웠기 때문이다. 여전히 불손한 한족들이 몽고인들의 장원을 습격하는 일이 많아 일부는 낭인무사를 고용하였고, 높은 관직에 있는 자들은 비밀리에 무림인들을 지원해 주고 그들의 힘을 이용하기도 했다.

시간이 흐르면서 그와 같은 관무의 유착이 만연되어 감에 따라서 무림의 세력 구도는 관리들의 세력 구도와 비슷하게 이어져 거대한 세력권을 형성하기 시작했다.

먼저 가장 큰 세력이 중원 북동방의 북경, 하북, 산동, 강소, 안휘, 산서, 호북, 하남의 팔성을 중심으로 형성된 오대세가의 연합체인 오가회였고, 절강, 복건, 강서, 광동, 호남, 중경, 귀주, 광서를 중심으로 만들어진 구파였다.

구파는 연합체가 된 오가회와는 달리 각자의 세력을 유지하고 있었지만, 그 어느 누구도 그들을 무시하지 않았다.

세 번째는 과거 사패천의 후신이라 주장하며 단 오 년 만에 운남과 사천성의 패자로 등장한 사파연합 사흑련, 넷째가 무림 전역에 퍼진 흑사방이었다.

마지막으로 다섯 번째 세력은 수천 년을 이어오며 단 한 번도 신강과 청해 지역의 패자 자리를 내놓지 않은 마교였다. 아마도 유일하게 관과 유착이 되지 않은 곳이 있다면 바로 이

마교이리라. 청이 건국될 당시 후금의 태조였던 누르하치를 은밀하게 도와주었다는 말도 있지만, 확인된 바는 없었다. 하지만 청조가 들어서고도 유일하게 탄압을 받지 않았던 곳이니 모두가 사실일 것이라 믿고 있었다.

한데 이들 다섯 개의 세력과 확연히 구분 짓는 곳이 한 곳 있었는데 바로 감숙성에 근거를 둔 귀문(鬼門)이라는 세력이다. 귀왕(鬼王)이라 불리는 우두머리를 중심으로 고작 백 명도 채 되지 않는 무인을 보유한 곳이었지만, 어느 누구도 그들을 무시하지 못했다. 흔적도 실체도 없는 귀신같은 자들이었고, 싸움에서 단 한 번도 패하지 않았다고 전해졌다.

호북성(湖北省) 균현(均縣) 무당산.
칠십이봉 중 가장 높은 천주봉(天柱峰)의 아래에 지어진 거대한 전각. 중원 검의 최고봉이라 불리는 무당파의 자소봉 만해루였다.

무려 오백 년 전에 지어진 고풍스러운 목조의 건물 아래 도인, 승려, 무인, 비구니를 비롯한 한 떼의 무림인들이 은은히 흐르는 다향을 즐기고 있었다.

깎아지른 듯한 기암절벽 위에 지어진 목조 건축물은 아래로 구름이 흐르고, 오르기만 해도 신선이 된 것 같을 정도로 운치가 넘치는 곳이었기에 모두가 흐뭇한 표정을 띠고 있었다.

“어떻습니까?”

낡은 백색 도관을 쓴 중년인이 말했다. 그는 당금 무당파의 이십삼대 장문인 무진자 복혁성이었다.

“그럼 우리도 하나의 연합체를 만들자, 이 말입니까?”

“예, 그 말이지요.”

무진자가 화산의 일로검객 한청운의 말에 고개를 끄덕인다.

“꼭 그리할 필요가 있을는지…….”

“그러게 말입니다. 굳이 그럴 필요까지는 없어 보입니다만…….”

점창 장문인과 청성 장문인이 자신의 기다란 흑염(黑髥)을 쓸며 싫은 기색을 드러내었다.

“저는 찬성입니다. 안 그래도 오가회니 사흑련이니 하는 통에 우리도 이런 연합체가 필요한 것은 사실이지요. 과거 무림맹의 이름하에 있을 때처럼요.”

“예, 맞아요. 사흑련 놈들, 자기네 세력만 믿고 날뛰니 단일 세력인 우리로서는 아니꼬워도 피해주는 수밖에 없단 말입니다. 더구나 요즘은 흑사방 놈들이며 오가회 쪽에서도 우리 아이들을 무시한다고 하더군요.”

“암요, 필요합니다. 이제 막 무림의 하늘이 다시 열리고 자리를 잡아가자면 통일된 힘이 필요한 것은 사실이지요.”

“하나 우리가 저들처럼 연합하면 중앙에서도 눈여겨보지

않겠습니까? 명 말에 반청복명에 가장 오랫동안 몸을 담아왔
으니……."

　화산의 일로검객이 조심스럽게 말을 꺼내자 모두가 헛기
침을 하며 서로의 눈치를 보았다.

　중앙이라 하면 바로 청 황실을 말함이었고, 정도의 구파가
귀찮을 정도로 청조를 괴롭혀 온 것은 사실이었다. 오죽하면
황실이 팔기군을 동원해 구파를 위협했을 정도였겠는가?

　오늘의 모임을 주선한 자는 무진자였고, 모인 자들은 청해
성의 곤륜파를 제외한 여덟 문파의 수장들이거나 그에 준하
는 자들이었다.

　"이거 참, 어찌해야 할지……."

　"……."

　"……."

　무진자가 고심하듯이 미간을 찌푸리자 다들 차를 들이켰
다. 사실상 같은 구파라고는 하나 모두가 거대 세력을 가진
자파이다 보니 손익을 따지지 않을 수가 없었다.

　"이러면 어떠하겠습니까?"

　모두가 고민하는 사이 누군가 입을 열었다. 말을 한 자는
누런 가사를 입은, 이마에 선명하게 계인이 찍혀 있는 소림의
법혜 방장이다. 그는 명조 때부터 소림의 장문인을 맡고 있던
자로 이미 그 나이가 팔십에 이르러 있어 정파 무림인들로부
터는 큰어른으로 칭송받고 있었다.

“법혜 선사의 고견을 청해 듣습니다.”

무진자가 법혜 선사를 향해 공손하게 합장했고, 상대가 상대이다 보니 모두가 그의 말에 귀를 기울였다.

“어차피 모두가 어쩔 수 없이 청조에 고개를 숙여야 함을 잘 알고 계실 것입니다. 불도를 닦아야 하는 저희 소림 역시도 황실의 눈치를 보게 되었으니 누가 그 사실을 탓하겠습니까?”

“험험.”

“크흠.”

법혜의 말이 너무나 정곡을 찔렀음일까, 모두가 헛기침을 하며 난색을 표한다.

“무릇 처음이 가장 중요하다 했지요. 지금의 무림은 군웅할거와도 같은 형색입니다. 여기저기서 은거했던 이름 높은 무인들이 쏟아져 나오고 있고, 모두가 자신들의 세력을 넓히기 위해 힘을 쏟아붓고 있습니다. 그들 역시도 관과 깊이 관여되어 있다 보니 사소한 시비가 붙어도 만만치 않겠지요. 또한 오가회는 관의 깊은 곳까지 관여하고 있고, 각성의 무사부를 자처하고 있어서 그 결탁이 끈끈하다는 사실을 아실 겝니다. 뿐만 아니라 사흑련은 팔기군과 관련이 있다는 소문이 나돌 정도입니다.”

“…….”

“…….”

이미 관과 관계를 가진 자들이 법혜의 말에 부끄러워 고개를 숙인다.

"이제 우리도 선택을 해야 합니다. 어쩔 수 없이 관에 줄을 대어야 하고, 그들의 비위를 맞춰야 합니다. 만약 우리가 연합체를 구성해 그들을 돕는다 하면 그들도 크게 저어하지는 않을 것입니다."

"옳습니다."

"맞아요. 세상이 변했으니 그 흐름에 편승해야지요."

"암요."

법혜의 말 때문이었을까? 모두가 수긍하는 분위기로 돌아섰다. 이미 모두가 생각하고 있었던 사실이다. 지금 이 순간에도 다들 자파의 영역을 다른 세력들에게 뺏기고 있어 걱정이 많았지만 그들 대다수는 정파라는 이름 때문에 차마 청조에 협력하지 못하고 있었던 것이다. 한데 정파의 최고 어른이라 불리는 법혜가 그 가려움을 긁어주니 어찌 기분이 좋지 않을까.

"정무협이 어떻겠습니까?"

벌써 이름까지 정해 말하는 이도 생겨났다.

"맹주도 선출해야지요. 이렇게 되면 무림대회를 열어야겠습니다."

"의당 그리해야지요. 만인이 우러러볼 수 있는 맹주를 선출함이 마땅합니다."

"관과의 관계는 제가 한번 주선해 보겠습니다."
"될 수 있으면 높은 관직과 연결되는 것이 좋겠지요?"
"암요. 당연하지요."
"그리고 상인들과도 모임을 가져야 합니다. 굶을 수는 없는 것이니까요."
"그래요. 우리 무인들도 좀 모집합시다. 속가제자들도 좀 받고요."
저마다 목소리를 높이기 시작했다. 무진자는 자신이 했어야 하는 말을 차마 체면 때문에 내뱉지 못한 것을 법혜가 대신해 주자 그에게 조용히 합장을 했다.
"자자, 모두들 조용히 하세요. 하나씩 하나씩 정해야 합니다."
무진자가 좌중의 소란을 진정시키고는 회합을 처음부터 다시 진행하기 시작했다. 물론 화두는 정파연합에 관한 것이었다.

2

퍼억!
뻗어낸 주먹에 검을 든 무인이 땅바닥으로 나동그라졌다.
"미쳤구나. 감히 사흑련의 버러지가 서안(西安) 땅에서 활개를 치다니."

언뜻 보기에도 귀티가 흐르는 자태를 가진 여인이 뱀처럼 차가운 눈으로 쓰러진 무인을 표독스럽게 쳐다본다.

"크윽……."

무인은 여인의 주먹에 땅바닥을 굴렀다는 사실이 수치스러웠음인지 잔뜩 인상을 찡그리고는 몸을 일으켰다. 입 안이 터졌음인지 입가로 핏줄기가 흘러나왔다.

"네놈이 지금 누구를 희롱한 것인지 아는가!"

여인은 여전히 쌍심지를 돋운 채로 허리춤에 손을 올리고 사내를 노려본다.

"이분은 바로 제갈가의 둘째 따님이신 제갈선하님이시다. 사흑련 나부랭이가 미치지 않고서야 감히!"

"……."

표독스런 여인이 가리킨 곳에는 다소곳하게 자리에 앉은 여인 제갈선하가 무심하게 사내를 쳐다보고 있었다. 앞서 나선 여인은 바로 제갈선하의 시비이자 호위로, 난화검으로 그 명성이 자자한 제갈세가의 호혜라는 여걸이었다.

"쳇, 냄새나는 제갈가의 여식이었나? 제갈가의 비린내 나는 핏덩이인 줄 알았으면 말도 걸지 않았을 것인데……."

입가로 흐르는 피를 닦아내던 사내가 인상을 찡그리며 투덜거렸다.

"무엇이! 네놈이 감히 정녕 죽고 싶은 모양이군!"

스륵.

　빈정거리는 사내의 말에 더욱 화가 난 호혜가 허리춤에서 체대를 풀었다.

　"네놈 간이 얼마나 큰지 배를 갈라 확인해 주마!"

　호혜가 앙칼진 목소리로 기운을 일으키자 흐물거리던 체대가 꼿꼿이 펴졌다. 그것만 보아도 그녀의 무위를 짐작하고 남음이었다. 사태가 악화되자 주위에서 식사를 하던 자들이 황급히 자리를 물리고 그들에게서 멀찌감치 떨어졌다.

　"받아랏! 화엽난무(花葉亂舞)!"

　호혜가 어지럽게 체대를 떨치자 체대의 끝이 수십 개로 화하면서 흔들렸고, 사내는 자신을 향해 수십 개의 체대가 꽃잎이 휘날리는 것처럼 날아오는 듯한 착각이 들었다.

　파팡!

　선수를 놓친 사내가 빠르게 발검하며 삼 검을 떨쳐 가까운 공격을 차단하고 우측으로 뒹굴며 몸을 피했다. 체대와 검격이 부딪치며 거센 폭음을 만들어내었다.

　"흥! 놓칠 줄 알고! 감아랏!"

　휘리릭!

　손을 휘젓자 체대가 마치 살아 있는 것처럼 사내의 뒤를 점하면서 날아들었다.

　"……"

　미처 이러한 공격이 올 것이라 생각지 못한 터라 사내가 당황하며 재차 몸을 굴렸다. 일명 무인들이 무척이나 수치스럽게 생각하는 뇌려타곤이라는 초식이다. 더구나 여인의 공격을 피하기 위해 사용한 것이니 그 수치스러움이 배가되었다.

"꼴좋구나. 바닥을 구르는 꼴이라니. 어디, 얼마나 잘 구르나 보도록 하지!"

호혜가 한 손에 힘을 주어 잡자 체대가 허공에 멈추는가 싶더니 물결치듯이 흔들리며 바닥을 구르는 사내를 공격해 왔다.

파각! 파가가각!

기가 잔뜩 실린 체대가 나무로 만들어진 나무 바닥을 부서뜨리며 시끄러운 소음을 만들어낸다. 사내는 가까스로 체대의 공격권 밖으로 벗어났다. 공격이 멈추어졌을 때 사내가 입고 있던 의복은 완전히 해져 군데군데 할퀴어진 곳에서 피가 배어 나오고, 온몸이 멍투성이였다.

"그만 봐주세요. 불쌍하잖아요."

제갈선하가 호혜를 말리자 호혜는 가만히 그를 쳐다보고는 체대를 회수했다.

"꺼져라. 또다시 얼굴을 보이면 용서하지 않겠다."

그녀의 목소리에는 자부심이 가득했다. 또한 그 둘의 공방을 지켜본 제갈선하의 얼굴에도 자부심과 비슷한 무언가가 느껴졌다. 그리고 사내를 비웃는 듯한 미소도.

짝짝짝!

"과연 제갈세가라고 해야 하나?"

“……”

호혜가 막 다시 제갈선하의 곁에 앉으려는데 뒤에서 박수 소리와 함께 걸걸한 남성의 목소리가 들렸다. 고개를 돌린 곳에는 짐승의 가죽으로 만든 옷을 입은 우람한 덩치의 사내가 탁자에 비스듬히 앉아 있었다. 호혜와 제갈선하는 그의 곁에 앉아 갸르릉거리는 흑표를 보고는 얼굴이 딱딱하게 굳었다.

“야수문!”

“공야청!”

제갈선하와 호혜가 동시에 놀람 가득한 목소리로 외쳤다.

야수문은 사흑련을 대표하는 다섯 문파 중의 하나이자 짐승을 부리는 자들로, 짐승과 사람의 합격술은 그 고강함이 무림에 잘 알려져 있었다. 더구나 우람한 덩치의 사내는 그 야수문에서도 손꼽히는 고수라 칭해지는 흑표 공야청.

“제갈세가의 여식이 이 서안에는 웬일인가?”

“……”

“……”

이곳에 공야청이 와 있다니 예상치 못한 일이었다. 호혜는 아차 싶었다. 아무리 제갈세가의 호위로 정평이 나 있는 자신이라고 할지라도 공야청에 비하면 하늘과 땅 차이의 실력이었다. 아니, 감히 비교가 힘들 만큼 그는 고강한 무인이었다.

“귀하가 상관할 일이 아니오.”

호혜가 긴장한 목소리로 말했다.

"그렇지, 이곳 섬서성은 아직 주인이 없으니. 한데 말이야. 지금 나간 녀석, 우리 사흑련의 말석에 있는 무인 같던데……."

"……."

"……."

"일단은 사흑련에 적을 두고 있는 나로서는 가만히 두고 볼 수만은 없지 않겠는가? 더구나 난화검 그대에 의해서 사람들 앞에서 창피를 당하기도 했고 말이야."

"그건… 저자가 먼저……."

"아, 난 그때 없어서 보지 못했어. 내가 본 것은 오가회에 소속된 제갈세가의 여식과 그 호위무인이 우리 사흑련의 무인에게 창피를 준 것뿐이란 말이야. 안 그러냐, 흑뢰?"

갸르릉!

공야청이 흑표의 머리를 쓰다듬자 기분 좋은 듯이 낮은 울음을 터뜨렸다.

"더구나 지금 이 섬서에 제갈세가의 둘째 딸이 그냥 왔을 리도 없고 말이지. 내 생각에는 철마방의 이권 때문에 온 듯한데 말이야. 안 그런가?"

"……."

"……."

제갈선하의 아미가 찌푸려졌다. 공야청의 말이 맞다. 섬서성은 구파 중의 두 곳인 종남파와 화산파의 영역을 제외하고는 주인없는 땅이다. 종남과 화산의 세가 약해진 이후 그 어떤 문파도 이곳에 아직 세력권을 형성하지 못했다. 그녀는 오가회의 명을 받아 섬서성의 철마방과 협상하고 그들을 포섭하기 위해 온 것이다. 최근 급속도로 세력을 확장하고 있는 사흑련으로서는 먹음직한 고기가 아닐 수 없었다.

까드득.

제갈선하가 작게 어금니를 깨물었다.

"아, 아, 그렇게 화내지 말라고. 자고로 미인의 기준에 백치(白齒)가 들어가 있지 않나. 고운 여인이 이빨을 상케 해서는 안 되지."

"……."

실수였다. 함께 온 자들을 두고 잠시 정취를 느껴보려 몰래 호혜와 둘이서만 나온 것이 실수였다.

"어떤가, 험한 꼴을 당하기 전에 돌아가는 것이?"

섬서의 이권을 포기하라는 말이 내포되어 있음을 제갈선하가 모를 리 없다.

"그럴 수는 없습니다."

"그럴 수 없다라……. 겁없는 아가씨로군."

협상 결렬.

공야청은 직설적인 성격이었다. 적과 친구가 명확하고, 옳고 그름에 대한 자신의 기준이 분명한 자였다. 공야청이 자리에서 일어났다.

“……”

“……”

앉아 있을 때는 몰랐는데 일어서니 막대한 존재감이 전해져 왔다. 과연 초일류의 무인이라 불릴 만하다고 해야 할까? 공야청이 사방으로 진득한 기세를 뿌리며 재차 묻는다.

“다시 한 번 말하지. 돌아가라. 여인을 다그치는 것은 성격에 맞지 않기도 하고 말이야.”

“그럴 수는… 없습니다.”

호혜와 제갈선하는 잔뜩 긴장했다. 엄청난 위압감이 전해져 왔다.

“어쩔 수 없군.”

캬앙!

그의 말이 끝나기가 무섭게 빛살보다 빠른 속도로 달려나온 흑표의 앞발이 엄청난 기세로 호혜를 향해 휘둘러져 왔다.

“핫!”

깜작 놀란 호혜가 급히 뒤로 물리며 체대를 휘둘러 쳤다.

파앙!

“큭!”

공력이 실려 있는 체대에 부딪쳤음에도 흑표는 꿈쩍도 하지 않고 앞발을 휘둘렀다. 호혜의 앞섶이 길게 찢겨져 나가며 가슴 부위가 드러났고, 발톱 자국이 선명하게 남았다.

“호혜!”

제갈선하가 깜짝 놀랐다.

"물러나세요, 아가씨. 여긴 제가 어찌해 볼 터이니 어서 돌아가세요."

"호혜야!"

"어서요!"

호혜는 찢겨진 앞섶으로 인해 가슴살이 허옇게 드러났음에도 창피해하기는커녕 자신의 주위를 배회하는 흑표와 공야청을 향해 시선을 떼지 않았다.

"호오?"

공야청이 호혜의 모습에 조금 놀랐다는 듯한 표정을 지었다.

"제법 강단이 있구나. 과연 난화검이 여걸이라더니 헛된 소문이 아니었어. 직접 상대해 주마."

공야청이 팔짱을 풀고 다가오자 흑표가 아쉽다는 듯이 이빨을 드러내고 으르렁거리며 물러났다.

꿀꺽.

호혜의 목울대로 마른침이 넘어갔다.

강하다 해도 너무나 강하다. 그의 간격에 들어서기만 한 것인데도 다리가 떨려왔다. 예상은 했지만, 마주 대하고 나니 감히 함부로 치고 들어갈 수조차 없이 강해 보였다. 그는 마치 한 마리 광포한 야수 같은 기세로 온몸을 감싸고 있었다. 그의 눈은 마치 먹이를 앞에 둔 야수와도 같았다.

‘제길······.’

“언제까지 기다릴 셈이지?”

문득 공야청이 호혜의 생각을 깨버렸다.

“허점을 찾고 있는 건가?”

“······.”

“오지 않으면 내가 가도록 하지.”

공야청의 눈빛이 변했다.

호혜가 선공을 취하기 위해 체대에 기를 불어넣는 순간, 공야청이 움직였다.

팍!

그의 오른발이 강하게 지면을 밟으면서 일 보가 미끄러지듯이 펼쳐졌다. 호혜는 최대한 몸을 물리며 체대를 회전하듯이 비틀어 내뻗었다.

쩡!

기를 불어넣은 체대가 공야청의 손바닥에 부딪치며 쇳소리가 퍼져 나온다.

호혜가 공야청의 앞에서 팅겨지는 체대를 힘주어 누르자 활대처럼 크게 휘었다가 빠른 속도로 공야청의 얼굴을 향해 베어져 들어갔다. 공야청은 뒷발을 빼면서 허리를 접어 아슬아슬하게 체대를 피해내었고, 앞머리 몇 가닥이 나풀거리면서 날렸다.

화엽비(花葉飛) 오성발파(五星發破).

먹잇감을 놓친 호혜의 체대가 신속하게 뒤로 빠졌다가 공야청을 향해 순간적으로 다섯 번의 찌르기로 변해 빛살처럼 펼쳐졌다. 뛰어난 임기응변이었지만, 공야청은 고작 두 발자국을 움직이고 몸을 비트는 것만으로 공세를 피해내곤 손바닥에 회전시켰다가 체대를 쓸 듯이 움켜쥐었다.

'앗!'

미처 회수하지도 않았는데 잡혀 버린 체대로 인해 중심이 무너진 호혜를 향해 공야청이 히죽거리며 웃었다.

'젠장!'

호혜는 체대를 놓아버리고 몸을 회전시키면서 발을 뻗어 공야청의 다리를 공격했다.

선풍회류(先風廻流).

하지만 이미 예상이라도 한 것인지 공야청의 신형이 허공으로 떠올랐다가 호혜의 머리로 진각을 밟아왔다.

"……!"

꾸—웅!

호혜가 자신이 비웃었던 뇌려타곤으로 피하고, 공야청의 진각이 바닥을 때리면서 나뭇조각이 튀어 올랐다.

터턱!

"끅."

미처 그의 공격을 완전히 피해내지 못한 호혜는 어느새 다가온 공야청의 손에 목이 잡힌 채로 버둥거렸다.

"미안하군."

뻐억!

뒤이어 따라온 거대한 주먹이 복부에 파고들자 호혜는 엄청난 고통을 느꼈다. 그 고통에 허공중에 허리가 꺾인 그녀는 충격을 이기지 못하고 기절해 버렸다.

털썩.

공야청의 손을 떠난 호혜의 몸이 바닥에 힘없이 쓰러졌다.

"암컷에게 상처 입히는 것은 성미에 맞지 않은데 말이야."

"……."

제갈선하는 입을 벌린 채 아무런 말도 할 수 없었다. 제갈세가에서조차도 그 적수를 찾기 힘든 자신의 호위이자 초일류 여류무사인 호혜가 단 한 방에 무너져 버린 것이다.

"각충!"

"예, 형님."

공야청이 자신의 수하를 불렀다.

"이 둘은 데려가라. 곱게 다루도록 하고."

"알겠습니다. 한데 잘못하다가는 오가회와 부딪칠 수도 있습니다."

"흐흐흐, 안다. 하지만 군사의 지시다."

"군사가? 그렇다면, 무언가 생각이 있는 것이겠군요?"

"그래. 늘 그랬던 것처럼."

3

늦은 밤.

달도 들지 않는 그믐날의 밤, 호북성 무한(武漢) 성도의 중심가에 위치한 거대한 장원 담벼락을 넘어 은밀하게 접근하는 자가 있었다. 어둠을 닮은 흑의 야행복을 갖추어 입은 자는 장원의 담을 넘자마자 마치 밤손님처럼 주위를 살피고는 불이 켜진 한 전각으로 몰래 스며들었다.

슥. 슥. 슥.

먹을 가는 소리가 고요함을 걷어내었다.

옅은 호롱불을 얹어 불을 밝히고, 후덕하게 생긴 중년인이 종이 위에 무언가를 적어 내려갔다. 그 앞에는 좀 전에 장원의 담을 넘어 들어온 야행인이 부복을 한 채로 말없이 기다리고 있었다.

중년인의 정체는 황제 일가의 먼 친척뻘쯤 되는 몽고인인데, 무한성의 삼대파벌이자 성주보다 더 많은 권력을 가지고 있다는 학정사 타르가라는 자였다.

탁.

타르가는 종이를 빼곡하게 채워놓고는 붓을 내려놓았다.

"방 련주는 잘 있는가?"

"예, 어르신. 모두가 어르신께서 도와주신 덕분입니다."

야행인의 입에서 무미건조한 대답이 흘러나왔다. 감정이 묻어나지 않는 목소리를 지닌 것을 보니 꽤나 혹독한 수련을 받은 자임이 틀림없었다.

"그래, 그래야지. 은혜를 몰라서야 되는가? 이번에 섬서 지역으로 진출한다지?"

"그렇습니다, 어르신."

"그곳에도 무슨 문파가 있다고 하지 않았나?"

"예, 화산파와 철마방의 영역입니다."

"화산파? 아, 그 구파 중 하나라는?"

"예, 그렇습니다."

"제법 큰 싸움이 날지도 모르겠군."

"……."

타르가는 느긋한 표정으로 수염을 쓸었다.

"어쨌든 나를 위해 항상 힘든 일을 해주니 큰 탈 없도록 조치해 놓지."

"감사합니다. 은혜, 각골난망입니다."

"아니지, 아니야. 부려먹는 개에게도 작은 먹잇감은 던져 줘야 하지 않겠는가? 안 그런가? 하하하!"

"……."

야행인은 애써 대답하지 않았다. 하지만 바닥을 짚은 그의 손이 가만히 움켜쥐어지는 것을 보니 기분이 좋지는 않은 모양이었다.

"그리고 일전에 곽 군사가 보내준 선물은 잘 받았다 전하게. 그 일로 큰 어른께서 자네들에게 거는 기대가 크다네."

"과찬이십니다."

"과찬은 무슨, 그 덕분에 나도 조정에서 입지가 많이 올랐으니 응당 칭찬해 주어야지."

타르가는 마치 주인이 다루는 개에게 머리를 쓰다듬어 주는 듯이 말했다.

"……"

"이번에도 잘 좀 해달라고 전하게."

"알겠습니다. 곽 군사에게 그리 전하겠습니다."

"그래, 하여간 자네들에게는 조금 껄끄러운 것들을 시켜도 무리가 없어서 좋단 말이야."

"……"

타르가는 자신이 글을 쓴 종이에 먹이 완전히 마른 것을 확인하고는 네모나게 접어 야행인에게 주었다.

"이것을 곽 군사에게 전하게."

아마도 서신인 모양이다. 야행인은 공손히 고개를 숙인 채 서신을 받아 들고는 소중하게 품속에 갈무리했다.

"알겠습니다. 더 시키실 일은 없는지?"

"없네. 여하튼 이번 일만 잘되면 내 크게 한몫 떼어준다 전하게. 그리고 섬서성에서 무슨 일이 일어나도 내 다 책임져주겠다 하고."

"알겠습니다. 그럼 소인 물러가겠습니다."

타르가는 소리없이 어둠 속으로 물러나는 야행인을 향해 건성으로 손을 내저어주었다.

*   *   *

사흑련 련주전.

무림을 사분하고 있는 거대 세력의 주인이자 칠절도(七絶刀)로 유명한 사흑련주 방시혁은 요즘 난을 가꾸는 재미에 푹 빠져 있었다. 얼마 전 자신의 군사가 전해준 귀하디귀한 칠채난분(七彩卵粉)을 애지중지 손보면서 아름다운 빛깔을 음미하며 기분 좋은 미소를 띠었다. 최근 들어 그 끝에 봉오리를 올려 더욱 기분이 좋아진 참이었다.

"련주님, 접니다."

내실 밖에서 익숙한 목소리가 들린다.

"아, 들어오게."

그의 허락에 따라 문이 열리고 문사 차림의 서생이 공손한 걸음걸이로 사뿐히 걸어 들어왔다.

"내 자네 덕에 요즘 기분이 너무 좋아. 이렇게 피기 어렵다는 꽃을 피우고 있지 않은가 말이야.”

“하하, 좋으십니까?”

“아무렴, 좋다마다. 내 일전에 자네를 만난 것을 천운이라 생각한다네. 어찌 보면 내가 이 사흑련의 주인이 된 것도 다 자네 덕이 아닌가.”

“그리 말씀해 주시니 소인이 다 뿌듯합니다.”

“무슨 소린가. 자네와 난 그 힘든 시절을 동고동락한 사이가 아닌가. 한낱 무명의 나를 이 사흑련의 주인으로 만들었으니 내 어찌 자네에게 고마워하지 않을까? 더욱이 무교령(武敎令)을 내리고 나서 불과 오 년 만에 이만한 세력을 형성한 것도 다 자네 덕분이기도 하고 말이야.”

“과찬이십니다, 련주님. 속하 얼굴이 부끄럽습니다.”

서생은 겸손을 떨며 고개를 조아렸다.

“하하, 이 사람. 때로는 자랑할 줄도 알아야 하는 게야. 이 사흑련에 곽 군사 자네의 공을 모르는 사람이 누가 있겠는가?”

그랬다. 서생 차림의 사내는 사흑련이라는 거대 세력을 말 몇 마디, 손짓 몇 번으로 움직이는 군사 독서생(毒書生)이었다.

“그보다 밀원의 무사가 이것을 가져왔습니다.”

“응?”

독서생이 꺼낸 서신을 받아 든 방시혁은 대충 펼쳐서 읽어

내려갔다.

"타르가, 그놈이 보낸 서신이군."

"그렇습니다."

"……."

한참을 꼼꼼하게 읽어보던 방시혁의 안색이 찌푸려졌다.

"이 자식이 우리를 아주 개잡놈으로 만들 생각이구만. 쯧."

"……."

"언제까지 이놈들의 뒤치다꺼리를 해야 하는지 원……."

"고정하십시오. 어차피 관의 위세를 엎지 않으면 아직은 힘든 시기입니다. 타르가 뒤에 있는 자는 이 나라를 좌지우지하는 막강한 권력가들이지요. 그들과 직접적으로 맞닿기 전에는 일단 그의 가려운 곳을 긁어주어야 합니다."

"쳇."

방시혁은 기분이 좋질 않았지만, 독서생의 말에 반대하지 않았다. 사실 자신의 군사인 독서생이 얼마나 청조를 싫어하는지는 누구보다 잘 알고 있다. 어린 시절을 함께 보내는 동안 옆에서 지켜봐 왔질 않는가.

"알겠네. 늘 하던 대로 알아서 하게."

"예, 련주님. 그리고 섬서에서 진행하는 일에 관한 것인데, 오가회 녀석들이 끼어들었다 하더군요."

"응? 오가회가?"

"예. 놈들도 철마방을 노리는 모양입니다."

"으음……."

"일단 야수문의 공야청을 보내두었으니 큰 무리는 없어 보입니다만, 련주님께서 손을 좀 써주셔야겠습니다."

"에잉, 귀찮게. 자네가 하면 되질 않나?"

"사흑련의 주인은 련주님이 아닙니까? 더구나 이번에는 제법 강한 마찰이 있을 듯합니다. 제갈가의 꾀 많은 계집이 직접 나섰다고 하니 오가회에서도 꽤 중요하게 생각하는 모양입니다. 잘못하다가는 전면전으로 갈 수도 있구요."

"흠, 알겠네. 일단 들러보도록 하지."

"지당하십니다. 그럼 나머지 일은 제가 알아서 하도록 하지요."

"그래, 그리하게."

"예, 련주님."

독서생의 집무실.

백선(白扇)으로 입을 가린 채 여유로운 표정으로 앉은 독서생의 앞에는 사흑련의 주요 직위에 있는 무인들이 그의 명을 기다리며 앉아 있었다.

"천 대주."

"예, 군사!"

독서생의 부름에 그보다 열 살은 많아 보이는 무인이 대답했다.

"움직일 수 있는 사황대가 몇이나 됩니까?"

"예, 지금 임무에 나가 있는 놈들을 제외하고는 모두 백여 명쯤 됩니다."

"그렇군요. 좋아요. 그럼 련주님을 모시고 섬서로 가주세요."

"예? 련주님도 가십니까?"

"……."

사황대주 천하성의 되물음에 독서생이 입을 닫았다.

"아, 죄송합니다. 련주님이 가신다는 말에 그만……."

독서생의 표정이 딱딱하게 굳어버리자 큰 덩치의 천하성이 어울리지도 않게 금세 죄송스러운 표정으로 사죄를 청했다.

독서생은 그런 인물이었다. 자신의 말에 토를 달거나 반대를 하는 것을 무척이나 싫어한다. 실례로, 그의 명이 부당하다 외쳤다가 그 자리에서 목을 잘린 이도 있었다. 무공을 알지 못하는 독서생이 아니라 련주가 직접 훈련시켜 만든 군사의 호위장에 의해서였다.

"그리고 사황대의 철검대 열둘을 비밀리에 요녕성 심양 흑사방 지부에 파견하도록 하세요."

"존명!"

"하 원주."

“예, 군사.”

“밀원은 얼마나 움직일 수 있습니까?”

“열둘쯤 됩니다.”

“흠. 열둘이라…… 적군요.”

“죄, 죄송합니다.”

“뭐, 어쩔 수 없지요. 워낙 바쁜 임무가 많은 모양이
니…….”

독서생이 말끝을 흐리며 약간 비꼬는 듯하자 밀원의 원주
막야는 사색이 되어버렸다.

“조, 좀 더 빼도록 하겠습니다.”

“쯧!”

“…….”

“그래서야 쓰나요. 이 사흑련의 모든 정보를 취합하는 곳
인데 함부로 인원을 뺄 수는 없지요. 하지만 더 많은 재원을
육성토록 하세요. 이 중요한 시기에 고작 열둘이라니…….”

“죄송합니다.”

“됐어요. 일단 열둘을 셋으로 나누어 하남과 안휘, 산동으
로 보내도록 하세요.”

“안휘라 하면 남궁일 것이고, 산동이라 하면 황보와 악가
인데… 굳이 하남은 어찌……?”

막야가 독서생의 눈치를 살피면서 조심스럽게 물었다. 나
머지 사람들은 그의 물음에 혹여 독서생의 기분이 나빠지기

라도 할까 노심초사했다.

"하남에서 그 길목을 살피도록 하세요. 섬서 철마방에 나온 것이 제갈세가와 오가회의 일부이니, 련주님과 사황대가 움직이면 그들도 움직임을 보일 겝니다. 사전에 알아두어 나쁠 것은 없지요."

"존명!"

"좋아요. 그리고 독 곡주님."

"예, 군사. 말씀하세요. 훌훌."

제법 대우를 받고 있는 듯 편안한 의자에 앉아 손에 고목 지팡이를 들고 있는 늙은 노인이 웃으면서 대답했다.

"독비들을 움직여 주서야겠습니다."

"그러지요. 훌훌."

"호남성의 장사(長沙)로 가면 신대장원이라고 있습니다. 그곳에 독비를 풀어두세요."

"그러지요. 그런데 어느 정도를 원하시는지?"

"몰살."

"그리하지요. 훌훌."

"……."

"……."

독서생의 차디찬 한마디에 독 곡주를 제외한 모두가 입을 다물었다. 몰살이라니? 신대장원이라 하면 분명 상계에 이름이 높은 신대상단을 말하는 것이리라. 더욱이 무림인도 아닌 그들을 몰살한다는 것이 조금 꺼려지는 듯했다.

"……."

모두가 의아해하자 독서생의 눈이 가늘어졌다.

"지금… 제 명에 의심을 가지는 건가요?"

"아, 그럴 리가 있습니까?"

"암요. 당치도 않습니다."

무인들이 깜짝 놀라 손을 내저었다. 왠지 싸늘한 독서생의 표정 뒤로 보이지도 않는 그의 호위장들의 칼끝이 반짝거리는 것만 같았다.

"아무튼 세부적인 사항은 서원의 전달자들을 통해 보내줄 테니 그들의 말에 따라 움직여 주세요. 이번 철마방의 일이 끝나면 바로 귀주를 점령할 것이니 모두 만반의 준비를 해두시길 바랍니다."

"존명!"

모두가 입을 맞추어 대답했다.

"아, 그리고 야수 문주님."

"말씀하시지요, 군사."

쇠 갈리는 듯한 목소리를 가진 건장한 사내가 대답했다. 어두운 곳에서 짐승의 탈을 쓰고 있는 그의 모습은 마치 거대한 호랑이처럼 보였다.

"제갈선하 그 계집을 구속하고 있다 했지요?"

"예, 군사. 군사의 말대로 몰래 나온 그년과 그년의 호위를 함께 구속해 지금 야청이 볼모로 데리고 있지요."

"좋습니다. 조만간 잘 쓰이게 될 것이니 보살핌에 주의하세요."

"알겠습니다."

"그럼 모두 나가보도록 하세요."

"……."

축객령이 떨어지고, 모여 있던 무인들은 조심스러이 군사의 집무실을 빠져나갔다. 무공조차 모르는 평범한 서생이 자신들에게 막 대하는 모습에 조금이라도 화를 낼 만도 했지만, 그들은 독서생에게 분노는커녕 존경심을 가지고 있었다. 오히려 자신 때문에 독서생이 화가 나지 않았음에 안도의 숨을 내쉰다.

그들은 독서생으로 인해 세상 밖으로 나오게 되었고, 무림의 사흑련이라는 거대한 세력에 포함되었다는 것만으로도 독서생에게 받는 수모는 아무것도 아니라 생각했다. 사패천이 무너지고 갈 곳이 없던 그들은 사파라 하여 정파와 오대세가에 밀리고, 마교에 밀려 큰소리 한번 못 내보지 않았던가. 이제는 오히려 다른 세력들이 자신들의 눈치를 보고 있는 형편이고, 어디를 가도 어깨에 힘을 줄 수 있었다. 그 모든 것이 군사의 덕분이라 생각하는 그들일진대 어찌 그에게 불손한 마음을 품을 것인가? 되레 군사의 명이라면 섶을 지고 불속에 뛰어들라 해도 따를 지경이었다.

"뭐라고!"

오가회 무인들이 묵고 있는 섬서성 서안의 한 객점에서 한바탕 난리가 났다.

이번 철마방 회유의 중책을 맡아서 함께 온 제갈선하와 그녀의 호위무인인 호혜가 사라져 버렸기 때문이다.

어디로 갔는지 그녀가 묵고 있어야 할 방에는 아무도 없었고, 한참이 지나도 나타나지 않게 되자 오가회의 무인들이 서안의 곳곳을 뒤지고 다녔다. 제갈선하 일행의 총 호위 책임을 맡고 있던 황보세가의 패력권 황보충은 화난 모습으로 그의 수하들을 닦달했다.

"지금 말이 되는 게야! 네놈들은 무엇 한 것이냐! 벌건 대낮에 여인 둘이 빠져나가는 것을 못 보았단 말이야!"

"저희는 그저……."

"시끄럽다. 또 노름판이라도 벌인 거겠지. 이놈들아, 내 몇 번을 말했지 않느냐. 섬서는 우리의 영역권이 아닌데다가 사흑련의 놈들이 눈에 불을 켜고 돌아다니니 작은 말썽도 조심해야 한다고. 제갈가의 귀녀가 어디 가서 무슨 봉변이라도 당하면 어찌한단 말이냐!"

"……!"

오가회의 무인들은 서슬 퍼런 황보충의 고함에 목을 움츠렸다.

"황보 형님!"

그때 누군가 헐레벌떡 객점 안으로 뛰어들어 왔다. 남궁세가의 검호 남궁찬성이었다.

"찬성, 무슨 일이냐!"

"큰일 났습니다."

"무슨 일인데 그리 호들갑이야? 안 그래도 제갈선하 그 아이 때문에 정신이 사납거늘……."

"바로 그겁니다."

"뭐?"

"안 그래도 선하를 찾아다니다가 듣게 된 것인데, 인근의 화룡객점에서 선하가 야수문 놈들에게 납치를 당한 모양입니다."

"뭐라고!"

황보충이 깜짝 놀란다.

"어찌 된 일이야! 소상히 말해봐!"

"그것이… 사소한 시비가 붙었는데 상대가 검은 표범을 데리고 다녔다고 하는 것을 보니 아마도 야수문인 듯합니다."

"흑표?"

황보충이 남궁찬성의 말에 귀를 기울이다가 고개를 갸웃거렸다. 어디선가 들어본 적이 있었다. 검은 표범을 데리고 다니는 야수문의 무인이라면…….

"공야청!"

"설마!"

놀람은 황보충의 수하들에게서 터져 나왔다.

"이런 썩을!"

황보충의 인상이 와락 일그러졌다. 공야청이라니……. 보
통 일이 아니었다. 강인하기로 소문난 야수문에서도 손가락
안에 들 정도의 강자가 아닌가?

"막아선 호혜가 힘 한번 못써보고 당했다고 합니다."

"뭐라! 선하는? 제갈선하는 어찌 되었다고 하더냐!"

"그게… 놈들이 데려갔다고 합니다."

"뭐얏!"

황보충은 하늘이 노래지는 것만 같았다. 어찌한단 말인가?
집안의 어른들과 오가회의 수장들에게 무어라 말한단 말인
가? 이런 중요한 시기에 사흑련에게 납치를 당하다니…….
그것도 철마방을 회유하는 데 있어서 우두머리로 온 자
가…….

"서둘러 가보자. 어서!"

"제가 이미 가보았습니다만……."

"시끄러워! 다시 가봐야 한다. 그 불한당 같은 사흑련 놈들
이 무슨 짓을 할 줄 아느냐. 수색꾼들을 불러서라도 찾아야
한다. 철마방주와 만나기로 한 날이 바로 내일이 아니냐!"

“아, 알겠습니다.”

황보충은 급히 남궁찬성의 안내를 받아 화룡객점으로 향했고, 오가회의 무인들이 혹여 있을지 모르는 싸움에 대비해 저마다 무장을 하고 그 뒤를 따랐다.

“흐흐… 움직이기 시작했구만.”

오가회의 무인들이 묵고 있는 객점의 지붕 위에서 오 척 단구의 꼽추가 부리나케 객점을 나서는 무인들을 바라보면서 웃었다.

“그럼, 나도 내 할 일을 해볼까?”

그는 품에서 작은 비둘기를 꺼내 하늘로 날렸다.

푸드득.

“큭큭큭, 오가회 놈들…….”

第二章
천하제일 필법

武林君子
무림군자

1

타닥타닥.

아궁이에서 장작이 타오른다. 시뻘겋게 달아올라 바스러 지며 불꽃을 피워 올리는 동안 무명은 곁에 둔 장작더미를 조 금씩 밀어 넣는다. 아궁이 밖으로 나오는 연기에 눈이 매울 만도 하건만 그의 표정에는 아무런 변화가 없었다.

무명이 아궁이의 불을 피우는 동안 정신을 잃고 있던 모용 찬이 깨어났다.

가슴이 뜨겁다.

불로 지진 듯한 통증이 어깻죽지를 타고 흘렀다. 모용찬은 극심한 고통에 얼굴을 찡그리며 깨어났다.

“…….”

처음 보는 곳이다.

네모반듯하게 지어진 작은 방. 흙으로 쌓아 만든 벽에는 무명옷 한 벌만이 걸려 있을 뿐이고, 자신 이외에는 아무도 없었다. 한쪽 팔로 몸을 일으킨 모용찬은 자신의 상체에 피딱지가 들러붙은 붕대가 감겨 있음을 알고 지난밤의 기억을 더듬어보았다. 그러고 보니 쓰러진 자신의 앞을 가로막았던 사내가 있었다. 혹여 그에게 구해진 것일까?

“여… 여긴……?”

어쩌면 그 사내의 집인지도 모르겠다.

“일어나셨습니까?”

문밖에서 청아한 음성이 들려왔다.

‘누구?’

모용찬은 힘겹게 몸을 일으켜 문을 열었다. 중천에 떠오른 해가 환하게 비추자 눈이 시렸다.

“그래, 몸은 좀 어떠하십니까?”

무명이 모용찬의 가까이로 다가왔다. 무척이나 온화한 인상을 가진 무명이었다. 덩치로 보아서는 스물이 넘은 것 같은데 얼굴은 소년과도 같이 앳되어 보이는 잘생긴 얼굴이었다. 그 모습에 모용찬은 애써 몸을 바로 세우려 했다. 자신을 구해준 것에 대한 감사의 인사를 전하고자 함인 것이다.

“괜찮습니다. 성치 않은 몸이신데… 일단 약초를 개어 상처를 치료하기는 했습니다만, 제법 큰 상처라 잘 붙었는지 모르겠군요."

"은인께오선?"

모용찬의 물음에 대답하지 않은 무명은 익숙한 손놀림으로 모용찬의 한쪽어깨와 가슴을 묶은 붕대를 풀어낸다.

"으윽……."

피딱지가 떨어져 나가면서 얕은 아픔이 전해져 왔다.

"하하, 무인이신 듯한데 엄살이 심하군요."

"……."

무명이 모용찬을 향해 웃으며 그의 상처를 살핀다. 세로로 길게 베어진 상처가 흉물스러워 보였으나 잘 아물어가고 있었다.

"흠, 다행이군요. 며칠 잘 요양하면 다행히 팔을 움직이는 것에는 별 무리가 없을 겁니다."

이리저리 꼼꼼하게 상처를 살핀 무명은 약초를 으깬 즙을 바르고 상처에 새로운 붕대를 감아주었다.

"구해주셔서 감사합니다."

"아닙니다."

"그보다 제가 정신을 잃은 지 얼마나 되었는지요?"

"음… 하루 정도 되었습니다."

"예? 하루요?"

"예, 그리되었지요."

“…….”

모용찬은 잠시 무명을 바라보았다. 평범한 산지기로 보이는 사내. 어찌 자신을 구할 수 있었는지는 모르지만, 그보다 지금은 당장 세가로 돌아가야 했다. 삼악귀는 분명 흑사방의 사주를 받았다고 했다.

흑사방의 사주를 받았다면? 지금쯤 그들은 세가를 향해 어금니를 드러내고 있을지도 모른다. 흑사방이 노리는 바를 짐작하고 있는 것은 자신뿐이다. 서둘러 알려야 한다.

“저기… 구해주신 것 감사드립니다.”

“아, 별말씀을요. 마음 쓰지 마세요.”

“…….”

모용찬은 무명의 해맑은 미소에 뭐라 화답해야 할지 머뭇거렸다. 어쨌든 구명의 은혜를 입었으니 후에 보상이라도 할 요량으로 묻는다.

“저… 실례가 되지 않는다면 함자가……?”

“저 말입니까?”

“예.”

“저는 무명이라 합니다.”

듣고 보니 분명 지난밤 자신을 막아설 때 그의 이름이 무명이라 했던 것 같다.

“저는 심양 모용세가의 차남인 모용찬이라 합니다.”

“예.”

자신의 신분을 밝혔음에도 별 반응이 없다. 그렇다는 것은 모용세가를 모르는 것이거나 그다지 신경을 쓰지 않는 자라는 의미이다.

"혹여 은거를 하고 계십니까?"

"은거요? 하하, 아닙니다. 저는 그저 산지기일 뿐이지요."

"……."

무명의 말에서 모용찬은 그럴 수도 있겠다는 생각을 했다. 삼악귀를 물리치고 자신을 구해냈다 생각하는 것은 조금 과한 추측일 수도 있었다. 삼악귀는 보통 인물들이 아니다. 그 명성이 요녕성의 곳곳에 퍼져 있는 강자들이니…….

"후에 꼭 사례를 하도록 하겠습니다."

모용찬은 몸을 일으켰다.

"응? 어딜 가시려는 겁니까?"

"예. 서둘러 가보아야 합니다."

"흠, 아직 몸도 성치 않으신데……."

"알고 있습니다. 하지만 급히 알려야 할 일이 있어서……."

"음."

말리더라도 모용찬은 자신의 말을 듣지 않을 것 같다는 생각이 들었다.

"알겠습니다. 그럼 제가 모셔다 드리겠습니다. 채비하시지요."

“아, 아니, 그러지 않으셔도……”

“거절치 마십시오. 어찌 상처 입은 분을 홀로 보낼 수 있겠습니까?”

“……”

거절하고 싶었으나 무명과 언쟁할 시간이 없었다. 무명의 뜻에 따르기로 한 모용찬은 급히 생각을 정리하고 짐을 꾸렸다. 짐이라고 해보아야 자신의 옷과 검이 전부였기에 얼마 되지 않아 밖으로 나설 수 있었다. 그것은 무명도 마찬가지인 듯해 보였다.

“잠시만 기다려 주십시오.”

가벼운 행장을 꾸린 무명은 모용찬에게 양해를 구하고 초옥의 문을 굳게 잠근다.

“스승님, 제자 잠시 떠나고자 합니다. 한동안 강호를 떠돌아볼까 합니다. 가는 길에 조부의 묘와 일향촌에도 들러볼 생각이고요. 반드시 염원하시던 무극에 이르겠습니다. 부디 계신 곳에서 보중하시길……”

무명은 굳게 문이 닫힌 초옥을 한참 동안 바라보며 다짐하듯이 중얼거렸다.

“기다리게 해서 죄송합니다. 자, 가시지요.”

“아, 예… 한데, 혹 무공을 할 수 있으신지……?”

“예?”

“제가 급해서 은인을 두고서라도 가야 해서 말입니다.”

“아, 그렇군요. 걱정 마시지요. 알아서 잘 따라가 보겠습니다.”

“……”

도무지 알 수가 없는 사내였다.

무공을 익혔다는 흔적은 그의 몸 어디에서도 찾을 수가 없는데… 사안이 급하니 더 이상 고민할 시간이 없었다.

“그럼 혹여 떨어지게 되면 심양 모용세가를 찾아주십시오.”

찾아오지 않는다면 자신이 찾으면 되기에 모용찬은 훌쩍 산 아래로 몸을 날렸다. 가슴의 상처가 욱신거렸지만, 자신이 발휘할 수 있는 최대의 경공을 발휘해 내달렸다. 주위의 풍경들이 휙휙 지나갔다. 문득 혹시나 하는 마음에 고개를 돌려보자 무명이 마치 유람하는 듯한 걸음걸이로 자신의 뒤를 바짝 붙어 뒤쫓아오고 있질 않는가?

‘혁!’

그는 그냥 걷고 있는 것처럼 보였는데 자신을 따라오고 있다. 무인이었단 말인가? 볼수록 신비감이 드는 인물이었다.

‘이자는… 도대체……’

2

심양 모용세가.

세상이 뒤바뀌고 새로운 나라가 들어서면서도 단 한 번도 심양제일가의 위세를 내어주지 않았던 유구한 역사가 흐르는 곳.

"그나저나 둘째 도련님은 어째서 아직 안 돌아오신 거지?"

"그러게나 말일세. 가주님의 걱정이 이만저만이 아니신 데……."

"그래도 큰공자님이라도 돌아오셔서 다행이네."

"음, 조만간 다시 출정을 하실 모양이라지?"

"그렇다네. 섬서성의 분위기가 심상치 않은 모양이야. 일단은 회의 주요 무인들이 움직이기 시작했으니……."

모용세가의 정문을 담당하고 있던 위사인 유공과 배수한이 걱정스럽게 대화를 주고받고 있었다.

"응? 저기……."

"뭐가?"

"둘째 공자님이 아닌가?"

"그렇구만. 이제야 돌아오시는 게군. 자네는 어서 안에 알리게."

"알았네."

타닥.

"후우… 후우……!"

막 세가의 정문에 도착한 모용찬이 숨을 몰아 내쉬었다. 아직 가슴의 상처가 쓰라려 왔으나 사안이 중요했기 때문에 어쩔 수가 없었다.

"둘째 공자님을 뵙습니다."

유공이 모용찬을 향해 포권을 했다.

"아, 유공 아저씨."

"어찌 이리 늦으셨습니까? 안 그래도 지금 큰공자님도 돌아와 계십니다."

"그렇습니까? 잘되었군요."

"한데 이분은?"

"아, 제 손님입니다."

"예."

모용찬은 유공의 물음에 서둘러 답하고는 세가 안으로 뛰어들어 갔다. 무명은 생각보다 거대한 모용세가의 대저택에 놀란 듯이 호기심이 가득한 눈으로 주위를 둘러보다가 정문의 현판에 시선을 두었다.

연의모용(聯義慕容).

'뛰어난 필채로군. 의를 이어가는 곳이라……'

무명은 현판에 용사비등하게 쓰인 필체에 감탄을 금치 못했다. 어린 시절 뛰어난 필법을 지니기 위해 공부하던 때가 떠올랐다.

'그러고 보니, 일향촌에도 그러한 녀석이 있었지.'

무명이 한참이나 현판을 바라보고 있자 유공이 이상하게 여기면서 쭈뼛뿌뼛 물어온다. 둘째 공자의 손님이라니 허투

루 대할 수는 없었으나 무척이나 어려 보인다는 생각이 들었
다.

"저… 무엇을 보시는지……?"

"아, 죄송합니다. 제가 실례를 했군요. 잠시 현판의 필체에
넋을 잃어서 그만……."

"현판? 아, 대단한 안목이십니다."

"……."

"저 현판으로 말하자면, 우리 모용세가의 자랑이지요. 과
거 모용세가를 일으킨 모용단천이라는 어른이 직접 쓰셨다고
합니다. 지금도 그 필체에 감탄하는 문인들이 수두룩하지요.
암요."

물론 유등도 들은 이야기일 것이다. 정문위사인 그가 필체
따위를 알아볼 리도 없었다. 남들이 그렇다고 하니 자신도 감
탄할 뿐이었지만, 손님인 무명에게 자랑하고 싶었던 것이다.

'과연… 만류귀종인가?

"대단하신 분이군요. 과연 모용세가입니다."

무명이 한껏 치켜세우자 유공은 마치 자신의 일처럼 기뻐
했다. 어려 보이는 얼굴을 가진 사내가 왠지 마음에 들었던
것이다.

"자, 어서 들어가시지요. 날이 찹니다."

"아, 감사합니다. 그리고 좋은 말씀, 감사합니다."

"아, 뭐… 그저……."

자신이 한 게 무엇이 있겠는가마는 칭찬이란 언제든지 기분이 좋은 법이 아닌가? 너무도 공손한 무명의 모습에 조금 머쓱해졌어도 기분은 좋았다.

막 유공의 안내를 받고 들어온 무명은 모용세가의 사람들이 심각한 표정으로 모용찬의 말을 듣고 있는 것을 보았다. 해서 그들의 대화가 끝날 때까지 멀찍히 떨어져서 기다리기로 했다.

"흑사방이?"

"예, 아버님. 흑사방에서 심양 패권을 노리고 있는 모양입니다."

"음……."

"흑사방은 모종의 세력으로부터 힘을 지원받은 모양입니다. 그들이 누구인지는 알아내지 못하였으나 보통 세력은 아닌 듯합니다."

"그래……."

"조만간 그들이 이곳으로 들이칠지도 모르겠습니다."

"들이친다고?"

옆에서 듣고 있던 모용찬의 형 모용성이 되묻는다.

"예, 형님. 분명 그리 예상됩니다. 이런 시기에 섬서를 돕기 위해 무인을 파견한다는 것은 위험합니다. 우리가 무인을 빼는 순간 그들은 그 틈을 놓치지 않을 것입니다."

"그런……."

모용성의 얼굴이 구겨졌다.

지금 오가회는 섬서에 세력권을 형성하기 위해 전력을 쏟아붓고 있다. 사흑련에 의해 제갈세가의 재녀인 제갈선하가 구류되었고, 무인들이 섣부르게 움직이지 못하고 있는 실정이었다. 한데 이런 상황에서 모용세가마저 무인을 보내지 않는다면, 필시 그들의 상황은 더욱 어려워질 것이다.

"어찌한다……."

가주 모용관천의 얼굴에 수심이 어렸다.

"아버님, 일단은 상황을 지켜봐야 할 듯합니다. 그들이 어떤 세력을 끌어들였는지 알 수 없지 않습니까?"

"아닙니다. 그럴 수는 없습니다."

모용찬의 말에 안가에서 걸어나오던 청수한 인상의 노인이 반박을 하고 나섰다.

"아, 스승님을 뵙습니다."

노인을 알아본 모용찬이 급히 인사를 한다.

그는 모용세가의 무사부이자 가주의 사숙이기도 한 천세명이었다. 모용가가 배출한 검귀 중 열 손가락 안에 들 정도의 강자로 지금은 주요 사안을 제외하고는 세가의 일에 나서지 않은 채 후학을 양성하고 있었다.

"이공자, 무사귀환을 축하하오."

"스승님 덕분입니다."

"하나, 이공자의 말을 들어서는 아니 됩니다."

“그게……”

“물론, 흑사방이 무엇을 준비하고 있는지는 알지 못하나 어찌 동문의 고충을 헤아리지 못해서야 우리 모용가라 할 수 있겠습니다. 저들 또한 오랜 시간 함께해 온 우리 오가회의 일원이 아닙니까? 반드시 구원무인을 보내야 합니다. 더구나 흑사방이 설사 모종의 세력으로부터 세를 받았다 하여도 그들은 삼류잡배에 불과한 인물들입니다. 오가회의 다섯 기둥 중 하나인 우리 모용세가가 지레 겁을 먹고 그들에 대비한다면 세상 사람들이 웃을 것입니다.”

“음……”

그 또한 맞는 말이었다.

흑사방은 원래 삼류잡배들이 만든 불량 단체에 불과했다. 인신매매, 협박, 고리대금 등 부정한 일을 일삼는 기생충과도 같은 존재들이었다. 심양 땅에서 그들을 방치한 것은 그들이 무서워서 그런 것이 아니었다. 일단 관에서도 그들과 부딪치는 것을 찬성하지 않을뿐더러 그들 같은 무리가 있기 때문에 모용세가가 더욱 빛날 수가 있는 것이었다.

물론 관에서 그를 비호하는 것은 뒤로 들어오는 뇌물 때문이었겠지만 말이다. 설사 흑사방이 불손한 의도로 넘본다 해도 일거에 몰아쳐 낼 힘을 가진 곳이 바로 모용세가다. 그것을 의심하는 자는 이 자리에 단 한 명도 없었다.

“하지만 그들이 낭인들을 규합하고 있습니다. 저도 그 낭인들 중 하나인 삼악귀와 부딪친…….”

“뭐라? 삼악귀?”

“예.”

모용찬의 말에 세가의 무인들이 깜짝 놀란다.

삼악귀의 위명은 쉽게 무시할 수 있는 수준의 것이 아니었다. 물론 가문의 무공이 그들에게 뒤진다는 것은 아니다. 하지만 무공이 독보적이라는 소리를 듣는 그들은 충분히 위협적인 인물들이 분명했다.

“삼악귀를 만났단 말이냐?”

모용관천이 믿지 못하는 듯이 모용찬을 바라봤고, 무인들이 웅성거렸다. 모용관천이 알기로 모용찬은 분명 세가의 후학 중에 뛰어난 실력임은 확실하다. 그렇다 하여도 고작 후기지수일 뿐이다 이미 무림에서 잔뼈가 굵어 일류의 수준에 오른 삼악귀를 이길 수 없음을 잘 알고 있었다.

“예. 그들과 싸워서 가슴에 상처를 입기는 했으나…….”

“…….”

모용찬이 자신의 가슴을 내보이며 말하자 무인들의 표정이 침중해진다. 가슴이 대각으로 길게 베인 상처는 결코 작지 않음을 알고 있기 때문이다.

“휴우… 천운이 도왔구나. 그들에게서 살아났다니…….”

“아닙니다. 다행히 의인을 만나…….”

“의인이라고?”

“예.”

모용찬이 그제야 고개를 돌려 무명을 찾았다. 멀찍이 떨어져 있는 무명이 모용찬의 시선에 환하게 웃었다.

“저 사람입니다. 이름은 무명이라고 합니다.”

“무명?”

무명이 모용찬의 손짓에 다가오자 모용관천을 비롯한 모용세가의 무인들이 위아래로 살핀다. 아들의 목숨을 구해주어 감사를 전해야 했으나 그들의 눈으로 보기에는 도저히 삼악귀를 이길 수 있는 무인으로는 보이지 않았다.

“크흠흠, 미안하네. 아들을 구해주어서 고맙네.”

“과찬이십니다.”

“나도 천 사숙의 의견과 다르지 않다. 물론 흑사방에 대한 대비도 해야겠으나 제갈가와 회의 의견을 무시할 수는 없다. 일단 성아는 무인 일백을 데리고 급히 섬서로 떠나도록 하라. 하남의 낙양에서 남궁세가의 청풍검객과 합류하면 될 것이다.”

“청풍검객!”

“오오, 그가 나선 것인가?”

모용관천의 입에서 청풍검객이라는 말이 나오자 모두가 화색을 띠었다. 이미 검으로 일가를 이루었다는 청풍검객 남궁무혁의 이름은 오가회뿐 아니라 무림 전역에 퍼져 있었다.

“청풍검객이 나섰다면 충분할 것입니다. 사흑련 놈들, 금세 꼬리를 말고 도망치겠군요."

"그럴 게야. 사흑련주가 나선다 해도 만만치는 않을 게야. 암."

"자자, 그럼 서둘러 준비하시지요."

청풍검객의 이름이 나온 순간부터 모용세가의 분위기는 금세 바뀌어 버렸다. 청풍검객이 나섰다면 의당 합류해야 한다는 쪽으로 기울고 있지 않은가?

"하지만 아버님!"

모용찬이 다시금 재고할 것을 부탁한다.

"안다. 네 걱정 또한 배제하지 않으마. 하나 흑사방이 무엇을 할 수 있겠는가? 너는 걱정하지 마라. 아마도 삼악귀로 인해 놀라서 그런 게야."

모용관천이 모용찬의 말을 잘라내고는 그를 다독거린다.

"아, 죄송합니다. 가문의 일 때문에 신경을 쓰지 못했구려."

"아닙니다. 괘념치 마십시오."

모용관천은 뒤에 말없이 서 있던 무명에게 사과를 해왔다.

"가서 저 소협의 쉴 자리를 내어주거라. 모심에 소홀함이 없어야 할 것이다. 찬이는 함께 가도록 하여라."

"예, 아버님."

모용찬은 금세 시무룩해져 버렸다.

"아, 저는 괜찮습니다. 어차피 부상을 입은 모용 공자를 모서다 주러 온 길이니……."

"아닙니다. 어찌 은인을 함부로 대접하겠습니까? 부디 사양치 마시길……."

무명이 거절의 의사를 표현했으나 모용관천은 다시금 포권을 하여 권하고는 이내 무인들과 내원으로 들어가 버렸다.

"아, 저……."

모용관천이 고개를 돌려 버린 터라 무명이 할 말을 다 마치지 못하고는 뒷머리를 긁적거렸다.

"허참……."

"가시지요. 집안에 일이 있어서 아버님도 정신이 없어서 그런 것입니다."

"아, 그게 아니라……."

무언가 다시금 말을 이으려 했으나 무명은 이내 입을 다물었다. 시무룩한 모용찬의 표정을 보았기 때문이다. 아마도 자신의 의견이 제대로 관철되지 못했기 때문일 것이다.

'휴우…하긴 그리 급한 걸음도 아니니…….'

이내 고개를 내저은 무명이 미소를 띠고는 모용찬의 안내를 받아 객당으로 이동했다.

모용세가에서 향후의 대책을 논의하는 동안 무명은 모용찬의 안내를 받아 객당에서 식사를 대접받고 있었다.

대접이라고 해봐야 제 아비의 말에 심통이 나버린 모용찬도 돌아가 버린 채 어린 시녀와 단둘뿐이었지만, 원래 무언가 대접을 받기 위해 찾아온 걸음이 아니니 그다지 실망스러울 것도 없었다.

"감사합니다."

소반에 차를 받쳐 들고 오는 시녀를 향해 인사를 한 무명은 툇마루에 앉아 정원의 꽃나무를 구경했다.

"벼… 별말씀을……."

무명의 환한 미소에 넋을 잃은 시녀가 볼을 붉힌다. 새하얀 피부에 소년과도 같은 얼굴의 무명은 여인의 마음을 뒤흔들어 놓을 만큼 수려했다. 그의 미소는 왠지 사람의 마음을 편안하게 하는 신비함이 느껴진다.

"그런데, 오다 보니 장원 밖으로 건물이 하나 있더군요."

"예?"

"저쪽에……."

"아!"

시녀는 무명이 가리키는 방향을 보고는 그제야 그가 무엇을 말하는지 이해했다.

"예, 함께 오신 이공자의 조부님이 그곳에 계십니다. 저희 모용가의 가장 어른이신 분이지요."

"아, 그렇군요. 그분께서는 서예를 좋아하시는 모양입니다?"

"예?"

“진한 먹향이 예까지 전해지는군요.”

“먹향이라구요?”

시녀는 무명의 말에 코를 킁킁거렸으나 아무 냄새도 나지 않자 고개를 갸웃거렸다. 하지만 그러면 어떠하단 말인가? 저 잘생긴 공자가 자신에게 질문을 다 해오지 않은가?

객당을 맡은 지 벌써 사 년째인 시녀는 이제껏 단 한 번도 이런 사내를 본 적이 없었다. 객장에 드는 손님이라고 해봐야 산적 같은 낭인이거나 배가 나온 늙은 상인들이 전부인 이곳에서 풋풋하기 그지없는 모습의 무명을 보니 가슴이 두근거렸다.

무명의 말을 듣고 잠시 생각해 보니 그곳에 살고 있는 모용가의 전대 가주 모용연의 이름이 이미 시서로 요녕성에 널리 알려져 있어 흘러가는 소문쯤은 들어봤을 수도 있겠다는 생각이 들었다. 시녀는 그저 잘생긴 것들은 표현하는 것도 멋지구나 생각하고 대답한다.

“하긴, 어르신의 이름이 꽤나 유명하니…….”

“예?”

“아닙니다. 어르신께서는 서예로 이 요녕에서 무척이나 유명하시지요. 예전에는 뛰어난 검객이셨다는데, 가주 위를 넘기시고는 저곳에서 문인들과 항상 시서를 즐기고 계신답니다.”

“아, 그랬군요. 어쩐지… 바람 따라 흐르는 먹향이 향기롭다 여겼더니……."

못생긴 놈이 말했다면 별 지랄을 하고 있다 생각하였겠으나 이미 마음이 콩밭(?)에 가 있는 시녀가 아닌가?

"혹, 안내해 주실 수 있겠습니까?"

"예?"

"아, 외인이 들어갈 수 없는 곳입니까?"

"아, 아니요. 저곳은 크게 행인의 오고 감을 막지는 않지만……."

"그럼 안내해 주시겠습니까?"

"예. 한데, 어찌 저곳에를……?"

"하하, 묵향이 벗을 부르니 어찌 가보지 아니 하겠습니까?"

"……."

누가 들으면 별… 이라고 했겠으나 그의 미소에 심장이 터질 것만 같은 시녀는 몽롱한 눈으로 당연히 고개를 끄덕였다. 이공자의 손님이라 해서 무인인 줄 알았는데 학사였던 모양이다.

"가시지요. 제가 안내하겠습니다."

"그럼."

무명은 시녀의 종종걸음을 따라 모용세가의 큰어른인 모용연이 있다는 곳으로 향했다. 무명은 가는 내내 잘 가꾸어진 꽃이며, 화목(花木) 분재들의 모습에 연신 감탄사를 터뜨렸다. 한참을 걸어 도착한 시녀가 건물의 안쪽을 향해 말했다.

"어르신, 손님이 오셨습니다."

"응? 손님이라고? 찾아올 자가 없는데?"

시녀의 말에 얇은 무명 백의를 위아래로 갖추어 입은 노인이 문을 열고 나온다. 그다지 화려하지도 않았고, 좋은 비단으로 지어진 옷도 아닌 백의에 불과했으나 무척이나 노인에게 잘 어울린다는 생각이 들었다.

문을 열고 나온 모용연은 처음 보는 무명에게 궁금증을 드러내며 바라보았다.

"소생은 잠시 모용가에 기거하게 된 무명이라고 합니다."

"무명? 그러자면 객당에 있을 사람인데, 어찌 이 누추한 곳으로 오셨는가?"

지레 객당에 초빙된 무인이나 상인이라 생각한 모용연이 대수롭지 않게 말하자 무명이 웃으면서 대답했다.

"하하, 어르신의 먹향에 이끌리었습니다만, 뵙게 되니 향이 온몸에 배어 계시군요."

"……"

무명의 대답에 모용연은 '이놈 보게? 제법 운치가…' 하는 생각을 했다.

"먹향이 몸에 배어 있다라……. 젊은이가 제법일세. 그래, 예까지 향기에 이끌려 온 것인가?"

"그렇습니다. 정문에 들어오며 무가라 하기에는 뛰어난 필

체를 보아 이상히 여겼는데, 어르신을 보니 모용가는 무(武)
뿐 아니라 문(文)으로도 뛰어나다는 생각이 드는군요.”

“…….”

앳된 모습과는 달리 뛰어난 놈이 아닌가?

이만하면 모용연이 놀랄 만도 했다.

“허허. 젊은이, 볼수록 제법이구만. 올라오시게. 내 차 한
잔 대접함세.”

“감사합니다. 사양치 않겠습니다.”

무명이 모용연을 마주하고 올라 앉았다.

“너는 가서 가주에게 봉황을 달라 이르거라. 내가 달라했
다 하고.”

“예? 보, 봉황이라면……?”

시녀는 그 말에 깜짝 놀란다.

모용연이 말하는 봉황은 차의 종류를 말함이 분명했다. 그
것도 청조가 들어선 이후에는 구하기조차 힘든 봉황단종을
말하는 것이리라. 모용가에서도 중요한 손님이 객방에 들 때
면 모용가주가 직접 가져와 올리는 차였다.

“무엇 하느냐? 어서 가져오너라.”

“예? 예.”

도대체 무슨 일일까?

몇 마디 나누고는 처음 보는 자에게 봉황차를 내놓다니?
객당에 모셔진 채 외롭게 홀로 접대를 받아 그냥 학사인 줄

알았는데 모용연이 직접 대접할 정도로 뛰어난 인물이었단 말인가?

시녀는 차를 가지러 가는 내내 혹여 자신이 무슨 실수는 하지 않았는지 고민해야만 했다.

"그래, 이 노인에게서 무엇을 보고 싶은 겐가?"

"글쎄요. 이미 놀란 가슴인데 무엇을 보여주신들 어떠합니까?"

"옳구만. 알고 찾은 자에게 내 실언을 했구만그래. 허허허. 보기 드문 젊은이일세."

"과찬이십니다."

"내 근래에 열심히 연습한 글이 있는데 보아줄 텐가?"

"이런, 제가 먼저 부탁을 드렸어야 하는 것인데……."

"아닐세. 이 사람, 허허허. 잠시만 기다리게."

모용연은 볼수록 무명이 마음에 들었다. 나이가 적으면 어떠한가? 만난 지 얼마 되지 않았으면 또 어떠한가? 이미 그의 행동과 말에 흠뻑 빠져 버린 모용연이었다.

방 안에서 무언가를 뒤적거려서 나온 모용연의 손에는 붓과 종이, 그리고 벼루가 들려 있었다.

"조금만 기다리게. 내 그대에게 좋은 필법을 보여줌세."

"그러시다면, 제가 먹을 갈아야겠군요."

"먹을?"

"좋은 필법을 보이자면 마음을 다잡아야 함이지요. 하니 옛 성현들은 먹을 갈며 마음을 다잡고, 그 마음으로 종이에 글을 옮긴다 했습니다만, 어르신을 보니 이미 언제든 준비되어 있으니 제가 좋은 먹을 갈아 그 마음에 대접해야 함이 아니겠습니까?"

"……."

놀라운 청년이라는 생각이 계속해서 들었다.

더구나 벼루와 먹을 자신의 앞으로 옮겨 천천히 가는 그 모습이 예사롭지가 않았다. 필시 명사에게 사사한 솜씨가 분명하리라.

슥, 슥.

먹이 갈리고, 벼루에 검은 먹물이 생겨나 짙은 향기를 내뿜었다.

"허!"

모용연은 진정으로 놀라고 있었다.

설마 설마 했는데 정말 설마인 청년이 아닌가? 좋은 글귀는 좋은 먹에서 시작된다 하였다. 먹이 고르게 갈리지 못하면 붓끝을 흩뜨리고, 너무 과하게 갈면 먹이 퍼진다 하였다. 한데, 그 갈린 빛깔이나 향기만으로도 무명의 경지가 예사롭지 않았다.

"되었습니다."

먹향에 취해 있던 모용연이 무명의 말에 정신을 차리고 붓을 집어 들었다. 가만히 먹을 찍어 종이에 옮기는 그의 모습은 한 치의 흐트러짐이 없어 보였다.

'과연!'

무명의 미소가 짙어진다. 어쩌면 모용찬을 따라 산을 내려오기를 잘했다는 생각이 든다. 세상에 나와 도필(道筆)을 만나게 될 줄은 몰랐던 것이다.

지철심경(志鐵心鏡).

의지는 쇠와 같이 굳건하고 마음은 거울처럼 깨끗하여야 한다.

모용연이 종이에 붓을 놀려 쓴 글이다.

"……."

한참이나 그 글귀를 바라본 무명이 가만히 숨을 몰아쉬며 고개를 끄덕였다. 그 모습에 무명의 표정을 살피던 모용연의 얼굴이 환하게 밝아졌다. 이제껏 누구에게 인정을 받은 때보다 더욱 기쁘게 느껴졌다.

"과연, 놀랍습니다. 획 하나에 만 근의 힘이 느껴지는군요."

"……."

모용연의 얼굴은 경탄에서 놀람으로 뒤바뀐 표정이었다.

"제 생각이 맞았습니다. 현판을 보고 짐작은 했습니다만, 모용가의 검은 검이되 검이 아니었군요."

“……!”

무명의 말에 모용연의 눈이 커질 대로 커져 버렸다. 경탄에서 놀람으로 변했던 그의 표정이 경악으로 바뀌어가고 있었다.

“이런 글을 쓰자면, 그만한 수련이 필요하겠지요. 그렇다면, 모용가는 원래 검보단 필을 사용했던 곳이 분명하군요. 어쩌면, 검이 아니라 필법이…….”

“그걸 어떻게…….”

많은 공부를 해온 문사라 여겼는데 문사가 아니라 무인이었단 말인가? 그의 몸에서는 한 줌의 예기조차 느껴지지 않거늘 어찌…….

“자네…….”

모용연의 놀람에 무명은 빙긋이 웃기만 한다. 이 무림에 누가 있어 이만한 통찰력을 지닌 인재를 키워낼 수 있단 말인가? 그의 생각을 아는지 모르는지 무명은 담담하게 말을 이어간다.

“언젠가 스승님께서 말해주신 적이 있지요. 무림에는 붓을 검처럼 사용하는 자들이 있다고. 처음에는 그 말이 이해되지 않았습니다만, 어르신의 글자를 보니 이해가 되는군요. 만 근의 힘을 지니지 아니 하고는 이런 글을 쓸 수가 없을 것입니다.”

꿀꺽.

모용연의 목울대로 침이 넘어갔다.

그가 어찌 알았단 말인가? 원래 모용가의 무공은 검 따위가 아니었다. 바로 판관필. 붓을 무기로 사용하는 문파였다. 한데 그 무공이 시간이 지나며 검으로 바뀌었고, 사람들의 머릿속에서 모용가의 판관필은 사라져 갔다.

천하제일 판관필이라 불렸던 모용세가의 무공 또한 사라졌다. 모용연이 그 사실을 알게 된 것은 아주 오랜 시간이 지나서였다.

대대로 이곳 전대 가주들이 기거하는 심상전(心像殿)에 들고 나서도 한참 만에 찾아낸 사실이었다. 모용가의 무공은 검이 아니었음을 깨닫고 서체를 연구한 지 벌써 십 년째다. 십 년간의 결론을 보여준 것인데 무명이 단번에 알아보지 않는가.

"한데, 힘이 너무 많습니다. 다루고자 하는 것은 휘어지기가 갈대보다 쉬운 붓끝인데 마치 단단한 검을 휘두른 것과 같군요. 그래서는 진정으로 붓의 힘을 이끌어낼 수 없는 법이지요."

"……."

말이 나오지 않았다. 입술이 부들부들 떨려왔다.

"보… 보여주겠는가?"

모용연이 간절한 눈으로 무명에게 말했다.

"글쎄요. 제가 무엇을 보여 드릴 수 있을지 모르겠습니다.

저 또한 아직 스승님으로부터 많은 것을 배우지 못했기 때문
이지요. 하지만 어르신께서 제게 어르신이 가진 것을 보여주
시면 그 모습을 본떠보도록 하지요."

"……."

무명의 말을 단번에 알아채지 못하였다. 한데, 모용연의 얼
굴이 점차 밝아지기 시작했다. 그리고는 방 안으로 다시 뛰어
들어 가 커다랗고 길쭉한 상자를 들고 나왔다. 그리고 그 속
에서 꺼내 든 것은 수술이 한 자는 넘을 정도로 큰 붓이었다.

"가문에 전해지는 무구일세."

"과연, 좋은 무구입니다."

"고맙네."

모용연은 무명의 칭찬이 거듭 고마웠다. 그리고는 붓을 양
손으로 들고 심성전의 전각 앞으로 내려섰다.

"천풍필법이라 지어보았네."

"흠, 바람이라……."

"자, 보게!"

모용연이 움직이기 시작했다. 그는 마치 붓을 검처럼 휘둘
러대며 움직였고, 매서운 바람이 붓을 통해 흘러나온다. 붓끝
이 살아 대기를 발기발기 찢어내었고, 한 점에 모여 사방으로
터져 나가기도 했다. 후려치는 붓끝에서 강맹한 기운이 느껴
지고, 붓 수술 하나하나가 엄청난 힘을 느끼게 했다.

파파팡!

　연거푸 세 번의 내지름을 보인 모용연의 판관필이 멈추었다. 그의 온몸은 땀으로 젖어 있었다. 무명은 그의 움직임 하나하나를 눈에 담아갔다. 때로는 경탄성을 내지르기도 하고, 고심하듯이 인상을 쓰며 고개를 끄덕이기도 했다.

　스승으로부터 수많은 무학에 대해 배웠지만 필법은 처음이었다. 그러한 무공이 있다 들었지만, 실제로 사용되는 것을 처음 본 무명에게는 모용연의 움직임 하나하나가 놀랍고, 신기했다.

　"후우… 후우……."

　이윽고 모용연의 춤사위와도 같은 초식의 향연이 끝이 났다. 그는 무언가를 갈구하는 눈으로 무명을 바라본다.

　짝, 짝, 짝.

　무명이 밝게 웃으며 박수를 쳤다. 그리고는 모용연에게 보란 듯이 그가 글귀를 써 내리던 붓을 들어 종이 위로 가져갔다.

　물 흐르듯이 흘러 종이를 가로지르는 붓은 조금 전 모용연이 쓴 글귀와 똑같은 글귀를 써 내리고 있다.

　"헉!"

　환상이다. 종이 위의 글이 살아서 춤을 추지 않는가?

　생동감있게 살아 움직이는 글귀는 당장에라도 튀어나올 것만 같았다. 무명이 쓴 글에 비하면 자신의 글귀는 휴지조각이나 다름없어 보였다. 무명이 분명 자신에게 '만 근의 힘'이라 했다. 하지만 무명이 쓴 글은 만 근의 힘을 가두는 것이 아니라 글자에 실어 넣은 듯했다. 글을 쓰는 무명이 만 근의 힘을 지닌 것이 아니라, 글자가 만 근의 힘을 지닌 것만 같았다.

"아!"

서체를 보고 있던 모용연이 탄성을 내질렀다.

깨달음.

돈오점수라 했던가? 무언가를 갈구하는 마음이 극에 달해도 깨닫지 못하는 것을 자고 일어나 한순간에 깨닫는다 했다. 무명의 글을 보는 순간 모용연의 머릿속은 막혀 있던 무언가가 터져 나가는 것처럼 환해졌다.

"허허, 으허허허허!"

그의 노안에서 눈물이 흘러내렸고, 한동안 하늘을 향해 웃었다.

한참을 그렇게 웃은 모용연이 크게 숨을 내쉬고는 의복을 정갈하게 매만졌다. 그리고는 무명을 향해 천천히 절을 올렸다.

"어르신!"

"사양치 마십시오. 내 오늘 큰 스승을 만났소이다."

무명의 만류에도 모용연은 온 정성을 다해 그에게 절을 올렸다. 그의 마음을 아는지 무명 또한 마다하지 않았다.

그때 막 가주에게 봉황단종이라는 차를 얻어 가져오던 시녀는 화들짝 놀랐다. 모용세가의 최고의 어른인 모용연이 젊은 무명에게 큰절을 올리다니……. 멍한 표정으로 시녀가 서 있는 동안 모용연이 절을 끝내고 일어났다.

"네 이름이 무엇이냐?"

"예? 화옥이라 합니다만……."

"너로 인해 내가 오늘 큰 기연을 얻었구나."

"……."

"앞으로 심성전을 책임지거라."

"……!"

시녀 또한 깜짝 놀랐다. 객방 부엌데기에 불과한 자신이 어르신의 지명시녀가 되다니…….

"어르신, 어르신의 깨달음은 저로 인한 것이 아닙니다. 저 또한 어르신의 필법으로 많은 것을 배웠습니다. 깨달음은 모두가 어르신의 노력에 의한 것입니다."

"아네. 나 또한 자네의 말을 아네. 하나, 내 자네로 인해 큰 은혜를 얻음은 분명하네."

"……."

"자, 오르시게. 자네와 대화를 나누고 싶다네."

"그러지요."

"무엇 하느냐? 차를 가져왔으면 어서 귀인께 올리지 아니하고."

"예? 예!"

모용연의 나지막한 말에 시녀가 급히 다가와 차를 올렸다.

무명은 모용연과 함께 차를 마시면서 흐뭇한 미소를 지었다. 모용연의 눈은 처음 보았을 때와는 너무도 다르게 변했다, 고작 단 한 번의 깨달음 때문에. 어쩌면 앞으로 모용세가의 이름은 더욱 높아질지도 몰랐다.

3

무명이 모용세가에 들어온 지 삼 일째.

무명은 모용연에게 무공을 배웠다. 단지 초식에 대해서만 물은 것인데 모용연이 기어코 가문의 무공을 가르쳐 주겠다며 기를 쓰는 바람에 어쩔 수 없이 배우게 된 것이다. 한데 배우는 무명보다 모용연의 표정이 더욱 열의에 차 있지 않은가.

원래 스승이라는 것은 제자가 뛰어날수록 신이 나는 법이라 했다. 그 말처럼 무명의 속도는 가히 흡수(?)라고 불러도 좋으리만큼 빨랐다. 하나를 가르쳐도 곧 그 초식을 자신만의 것으로 완전히 탈바꿈시켜 버리지 않는가.

고작 삼 일 만에 밑천을 드러내 버린 모용연은 허탈해했다. 그 뒤부터는 학문과 음악에 대해서 대화를 나누기 시작했다. 모용연은 어떻게든지 무명을 잡아두고 싶은 마음에 별 기상천외한 이야기까지 꺼내 들었으나 그 또한 금세 바닥나고 이제나저제나 무명이 떠날까 봐 걱정이었다.

무명이 그렇게 모용연과 시간을 보내는 동안 모용세가는
섬서로 보낼 구원병 준비에 바빴다.

"그럼 아버님, 다녀오겠습니다."

모용성이 말에 올라 모용관천에게 인사를 했다.

"오냐. 부디 몸조심하거라."

"예."

모용성과 무인 일백은 그렇게 섬서를 향해 말을 내달렸고,
그 모습을 바라보는 모용찬의 인상은 심하게 일그러져 있었
다. 목숨을 걸고 알아낸 것인데……

第三章
바람의 포효(咆哮)

武林
君子
무림군자

“새가 둥지를 떠났습니다.”

“……”

쓰디쓴 독주가 목울대를 넘어간다. 하나 취객은 인상을 찡그리기보다는 미소를 띠었다. 붉은 낯의 적의인과 그 앞에 양옆으로 길게 늘어서 가부좌를 틀고 앉은 채 술을 마시고 있는 수많은 무인들. 어둠에 얼굴이 가려 있었지만 그들 하나하나가 흉악하기 그지없는 얼굴을 하고 있었다.

탕!

마시던 술잔이 탁자 위에 거세게 놓였다.

“세 시진 후 사위가 어둠으로 가득 차는 시간, 모용가를 친다."

"……."

"그때까지 수하들을 전원 성도의 대로에 집결시켜라."

"예!"

적의인의 말에 모두가 한목소리로 대답했다.

자리에 일어나며 거대한 장창을 어깨에 둘러멘 적의인은 바로 심양 흑사방 지부의 지부장 곽청이었다.

"한데, 두목. 관에서 알게 되면……."

"크크크, 관? 걱정 마라. 이미 약을 뿌려두었으니까. 오늘 밤은 마음껏 날뛰어도 좋다. 심양 전역의 어둠에 모용가의 비명이 울려 퍼질 것이다."

"크크크."

"크하하하!"

그들의 공허한 웃음소리가 메아리처럼 어두운 대전 안을 울린다.

*　　　　*　　　　*

모용성이 일백의 검수와 떠난 뒤로 고요함만이 남아버린 모용세가의 장원.

차 거래를 하기 위해 찾아왔던 상인들도 어둠이 가까워오자 하나둘 돌아가기 시작했고, 정문위사들은 낮 동안 활짝 열려 있던 정문을 닫아걸었다. 몇몇의 순찰무인들이 담벼락과 정원을 돌며 홰와 화로에 불을 밝혔다.

"제길……."

모용찬은 인상을 찡그린 채로 홀로 술을 마시고 있었다.

어린 시절부터 그래 왔다. 자신은 항상 뒷전이었다. 너무도 잘난 형으로 인해 항상 위축되어 있어야 했고, 가문의 차남이라는 자리 때문에 항상 주목에서 멀어져 있어야 했다. 아무리 잘해도 칭찬은 항상 형이 독차지했고, 자신은 그저 그런 형을 뒷받침하는 역할뿐이었다.

무공이 뒤지냐고? 아니다. 모용찬은 이미 동년배들보다 더 뛰어나다고 평가받았다. 하지만 무림세가의 차남은 특출나지 않는 이상 전면에 나설 수 없었다. 다음대의 가주로 내정된 형의 위명을 해칠 우려가 있기 때문이다. 세상은 잘난 장남을 원하지 뛰어난 차남을 원하지는 않았다.

이번 일도 마찬가지였다.

우연치 않게 흑사방의 음모를 알게 되었고, 미친 듯이 그 일에 매달렸다. 누구 하나 도와주지 않았음에도 언젠가는 알아줄 날을 기대했던 것이다. 아무리 가주회의에서도 장남의 발언권만을 인정한다 해도 그는 쉼없이 자신의 의견을 내놓았지만 묵살되기 일쑤였다.

"망할……."

술잔을 연거푸 들이컨 모용찬의 입에서는 욕설이 자꾸만

흘러나왔다.

"으휴, 오늘은 제법 날씨가 쌀쌀하구만."

"그러게나 말일세. 곧 겨울인 게지."

"어쨌거나 오늘 순찰이 끝나면 앵앵이 고년 궁둥이나 두들기며 자야겠네."

"아이구, 이 사람. 그러다 자네 마누라에게 들키면 어쩌려고."

"쉿, 조용히 하게. 우리 마누라 알았다가는 또 난리가 날 거야."

모용가의 장원을 돌고 있던 순찰무인들은 시시껄렁한 이야기를 나누면서 이곳저곳을 살폈다. 사실 이곳 심양에서 모용가를 함부로 침입할 놈은 없을 것이니 그다지 열심히 하지도 않았지만 말이다. 어쨌거나 그들은 명목상으로 순찰 임무를 띠고 있으니 대충 시간만 때우면 되는 것이다.

슥.

서늘한 느낌이 순찰무인의 목을 스치며 지나가자 그는 목을 쓰다듬으며 인상을 찡그렸다.

"뭐야?"

"……."

함께 있는 무인이 그를 보고는 깜짝 놀라 주춤거리며 물러섰다.

"잉? 자네, 왜 그러나?"

"자… 자네… 뒤에……."

"응? 뒤에 뭐가 있다고 그러……."

놀란 동료의 말에 고개를 돌렸던 무인은 어둠과는 다른 무언가가 자신의 뒤에 서 있음을 보고는 이상한 듯 고개를 갸웃거리다가 달빛에 반짝이는 한 자루의 검을 보고 말았다.

"누… 누구냐!"

스슷!

검이 휘둘러진다.

검은 곧 무인의 목을 스치며 뜨거운 핏줄기를 하늘로 뿌려내었다.

"네놈들!"

차앙!

동료의 핏줄기에 얼굴을 맞은 그가 대경실색하며 검을 빼들었으나 이미 그의 목은 바닥으로 떨어진 후였다.

흑의복면인들은 물끄러미 쓰러진 그들의 시신을 바라보았다.

"정문을 열어라."

"……."

그의 말소리에 이어 때마침 정문 쪽에서 비명성이 들려오기 시작한다.

"끄아악!"

콰직!

그때 정문이 무언가에 얻어맞으며 산산조각 났고, 파편이 정원 안으로 튀어 들어왔다.

"모조리 목을 따버렷!"

"와아아!"

수십여 명은 족히 넘어 보이는 무인들이 살기 어린 모습을 하고 부서진 정문으로 쏟아져 들어왔다.

"으아악!"

비명 소리에 밖으로 나왔던 무인들이 휘둘러진 검에 이유도 모른 채 베어 쓰러지자 모용가의 저택은 금세 아비규환의 전쟁터로 변했다. 팔이 잘리고, 시뻘건 피가 사방으로 뿌려지자 무인들이 도망치듯 물러나며 비명을 질러대었다.

"죽여라! 모조리 죽여!"

모용가에 들이닥친 이들은 악귀와도 같은 모습으로 살육을 시작했다.

차라랑!

검의 궤적이 허공에 수를 놓듯이 흔들리자 은백색의 검기가 춤을 추며 무인들의 목이며 팔다리 할 것 없이 베어댔다. 피의 광기에 사로잡힌 그들은 미친 듯이 살육을 자행했고, 그와 동시에 모용가의 외당무인들이 쏟아져 나와 난전이 펼쳐졌다.

가가각!

갑작스러운 습격을 받은 무인들은 한 줌의 검기조차 뽑아내지 못한 채로 창에 꿰이고, 철퇴에 맞아 머리가 부서져 나갔다.

땅! 땅! 땅! 땅!
모용가의 장원에 비상 타종 소리가 울려 퍼졌다.

"무, 무슨 일이냐!"
"습격입니다!"
"뭐라고? 습격?"
"서둘러 피하십……."
쐐애액! 콰콱!
막 세가의 위급을 고하기 위해 뛰어나왔던 무인이 어디선가 날아온 창에 꿰여 꼬꾸라졌다.
"웬 놈들이냐!"
수하가 눈앞에서 죽어나가자 외당주 한청겸이 검을 뽑아 상대해 나갔다.
모용가의 외당주답게 그의 검은 한 치의 오차도 없이 습격자들의 목을 베어내고 쓰러뜨렸다.
"퇴진해라! 각개로 싸워서는 안 된다! 방어진을 형성해!"
한청겸이 용맹한 호랑이와 같이 습격자들 사이를 휘저으며 외치자 무인들은 차츰 진세를 갖추며 안정을 되찾아갔다.

까깡!

“윽!”

수하들을 독려하던 한청겸을 향해 쇠구슬이 날아왔다. 검으로 후려쳤으나 쇠구슬에 실린 힘이 제법인지 검을 쥔 손목이 시큰거렸다.

“…….”

그의 앞에는 승려처럼 머리를 깎고 투실투실한 뱃가죽을 드러낸 무인이 서 있었다. 언뜻 커다란 공처럼 보일 정도로 뚱뚱한 외모에 한청겸이 인상을 찡그렸다.

“백돼지! 네놈이!”

그가 백돼지로 부른 인물은 흑사방의 비철 화돈이었다.

결국 이번 습격의 주범이 흑사방이었던 것이다.

“크크크, 오랜만이군.”

“네놈이 어째서!”

“어째서긴, 네놈이 따르는 잘난 모용세가를 뒤집어놓으려고 왔지.”

뿌드득.

“죽을 자리를 찾아들다니!”

“죽을 자리? 어이, 이봐. 오늘은 나와 상대할 시간이 없다고!”

“뭐?”

까강!

"크아악!"

순간 비명성에 한청겸의 고개가 돌아간다.

"와아아!"

누군가 저택 안으로 날아들었다.

흑립에 검은 옷을 입고 비조처럼 하늘을 날아오는 열두 명의 무인.

쐐기 형으로 진형을 갖춘 그들은 멈춤없이 달리기 시작했다. 그를 막아선 외당의 무인들은 어김없이 피분수를 뿌리면서 쓰러졌고, 순식간에 진세가 무너지기 시작했다. 그들은 거침없이 빠르고 잔혹했다.

막아섰던 무인들은 자신이 들고 있던 무구와 함께 잘려 나가며 쓰러졌다.

"으헉! 독이다! 독이야!"

허공에 싯누런 가루가 뿌려지고, 가루에 노출된 외당의 무인들이 허옇게 녹아내리기 시작했다.

"끄아악!"

고통스러운 비명이 여기저기에서 터져 나온다.

"이런 제길! 외당무인들은 물러나라! 어서!"

"흥! 과연 물러날 수 있을까?"

"뭣이!"

파라락!

수십 개의 무기가 한청겸을 공격해 들어왔다. 흑립인들의 손에서 무인들을 보호하려던 한청겸은 자신의 몸을 방어하기에도 급급해졌다.

서서히 군사들이 밀리기 시작했다.

"하승! 서둘러 안쪽에 알려라!"

한청겸이 한 번에 서너 개의 공격을 무력화시키며 소리쳤다.

"존명!"

지목당한 무인이 돌아보지도 않은 채로 내원으로 도망치듯 몸을 날렸다.

하늘을 울리는 창검 부딪치는 소리와 어둠을 걷어내듯 달빛에 반짝인 쇠붙이들의 향연에 차츰 모용가의 무인들이 밀려나기 시작했다. 그것도 공격이 시작된 지 불과 일각 만에.

"이 무슨 소란이냐!"

막 잠자리에 들려던 가주 모용관천이 비명과 창검 소리에 문을 열어젖히고 밖으로 나왔다. 이미 그 앞에는 모용가의 내로라하는 무인들이 대거 포진해 있었다.

"가주! 습격입니다. 흑사방 놈들입니다."

"뭐라?"

"지금 외당이 완전히 뚫렸습니다. 한 당주가 저지하고 있으나 놈들 중에 고수로 보이는 자들이 끼어 있어서……."

"서둘러라! 어서 나가자!"

"존명!"

가주 모용관천을 위시한 모용가의 주요 무인들이 외당문으로 나서려 했다.

콰앙!

내원의 담벼락과 함께 문이 박살이 나며 먼지를 피워 올렸다.

"네놈들은!"

막 외당으로 나서려던 모용관천은 이 예의없이 찾아온 밤손님들의 얼굴을 보고는 안색을 딱딱하게 굳혔다. 선두에 수급 하나를 잘라 들고 거만하게 걸어 들어오는 적의인. 흑사방의 잔혹귀로 위명한 곽청이 아닌가?

"곽청, 네놈이 감히!"

"오? 오랜만이군, 잘나신 모용 나리."

곽청이 빈정거리듯이 웃으며 모용관천을 바라본다.

"네놈이 미치지 않고서야 감히!"

"미쳤다? 후후. 모용 가주, 우습구만그래."

"뭐라? 우스워?"

"그래. 지금 이 상황이 보이지 않는 건가?"

"……."

"당신네 세가는 지금 무너지기 일보 직전이란 말이야."

휙!

곽청이 들고 있던 수급을 모용관천의 발 앞으로 던졌다.

턱, 떼구루루.

굴러온 수급을 모용관천이 보고 소스라치게 놀랐다. 외당을 지키고 있어야 할 외당주 한청겸의 머리가 아닌가.

"한 당주!"

"아아, 불러도 소용없어. 보다시피 이미 죽었지 않은가?"

"네놈이 감히! 이곳이 어딘 줄 알고!"

"어디긴, 모용세가지. 물론 조금 후면 우리 흑사방의 지부가 생길 테지만 말이야."

"닥쳐라! 고작 외당의 무인들을 뚫었다고 기고만장하는구나. 네놈들 따위는 우리만으로도 충분하다."

"암, 충분하겠지. 그 이름도 유명한 모용팔수가 아닌가?"

곽청은 입꼬리를 말아 올리며 모용관천을 비웃는다.

"저놈이! 네놈이 지금 누구에게 함부로! 닥치지 못할까!"

곽청의 빈정거림에 뒤에 있던 천세명이 대노하여 그를 향해 일 검을 날렸다.

쐐애액!

걸출한 검기가 반월을 그리며 쏘아져 나갔다. 그것은 모용세가 자랑하는 탄검기! 검기를 응축해 십 장여나 떨어진 대상을 잘라내는 기예는 무림일절로 평가받고 있었다. 더구나 무림에서도 쟁쟁한 위명을 날리고 있는 천세명의 검기는 곽청의 무공 수준으로는 절대 막을 수가 없는 기예였다. 한데 탄검기가 코앞까지 다가왔음에도 곽청은 몸을 피하기는커녕 방비도 없이 히죽거리며 웃고 있질 않은가.

까앙!

"……!"

"저… 저런!"

허공에서 검기가 부서지며 흔적도 없이 산화해 버리자 모용가의 무인들이 믿을 수 없다는 듯이 눈을 부릅뜬다.

곽청의 앞을 막아선 흑립 장포의 무인.

그는 탄검기를 막아 터뜨려 버리고 곽청의 앞을 막아섰다.

모용세가의 무인들로서는 놀랄 수밖에 없었다. 난생처음 보는 놈에게 자신들의 절기가 막혀 버린 것이 아닌가? 그것도 천세명의 검기를 아무렇지도 않게 막아버릴 줄은 몰랐다.

"어찌 저럴 수가……."

눈으로 보고도 믿지 못할 사실에 천세명이 어금니를 깨물며 물었으나 대답은 곽청이 했다.

"크크크, 아무런 방비도 없이 공격해 올 줄 알았나? 어리석기는……."

곽청의 말에 흑립인의 옆으로 그와 똑같은 복장을 한 열한 명의 무인이 나섰다.

"한 명이 아니었단 말인가!"

모용관천의 입에서 놀람성이 흘러나온다. 탄검기를 막은 것도 모자라 그와 비슷한 인물이 무려 열두 명이나 되다니……. 그리고 보니 곽청의 옆으로 익숙한 얼굴들이 보였다.

사슬낫을 들고 있는 귀검악을 비롯한 삼악귀의 형제들, 그리고 사아검객 악비환까지, 실로 쟁쟁한 낭인들이 포진해 있지 않은가?

모용관천의 머리가 빠르게 회전했다.

이 상태로라면 지금의 싸움은 불을 보듯 뻔하지 않은가? 이미 세가의 주요 무인들은 섬서성으로 빠져나갔다. 남은 것은 원로고수들 뿐이다. 물론 그들의 힘은 실로 대단하다 할 수 있겠으나 좀 전의 상황으로 보아 불안감이 엄습해 들었다. 아무리 강하다 할지라도 흑사방이 몰고 온 무인들의 수라면 오래 버틸 수 없을 것이다. 더구나 이런 소란에도 관이 조용하다면 이미 흑사방과 모종의 협약(?)을 맺은 것일 터. 모용관천이 얼굴을 일그러뜨리고 이를 갈았다. 며칠 전 차남 모용찬이 말했던 것을 제대로 대비하지 않음이 후회되었다.

"아버님!"

막 자신의 거처에서 술을 마시고 있던 모용찬이 헐레벌떡 뛰어들었다.

"으음……."

모용찬을 보자 후회가 더욱 물밀듯이 밀려온다.

이렇게 된 이상 어쩔 수가 없었다.

"찬아, 가서 할아버님을 모셔라."

"아버님!"

"할아버님이 오신다 해도 큰 도움이 되지 못할 터다. 너는

우리가 이곳을 막는 동안 서둘러 가솔들을 피신시키고, 회에
도움을 요청하도록 해라. 또한 네 형에게 흑사방의 사안을 급
히 알리거라."

"……."

"네가 일을 처리하는 시간은 벌어주마."

"아버님, 그럴 수 없습니다. 이곳은 제가 맡겠습니다."

"시끄럽다. 지체할 시간이 없다. 어서 서둘러라!"

"……."

또다시 자신의 의견이 묵살당한 모용찬이 아랫입술을 곱
씹었다. 하지만 사안이 사안이니만큼 대꾸할 틈도 없었다.

"알겠습니다. 부디 보중하십시오!"

"음……."

모용찬의 인사를 받는 둥 마는 둥 하며 모용관천은 곽청과
흑사방의 무인들을 경계하기에 바빴다.

"흥, 누가 도망치게 놔둘 성싶으냐!"

막 모용찬이 몸을 날리려는데 흑립인 중 하나가 쾌속하게
움직였다.

"저, 저런……!"

모용가의 무인이 미처 반응하기도 전에 흑립인의 신형이
모용찬의 옆에 도착했다. 그의 허리춤에서 반월형의 도가 뻗
어 나오고 검날이 모용찬의 허리를 쓸어간다.

그 순간,

촤라라락!

"……!"

허공을 날아온 엄청난 힘의 존재에 흑립인이 재빨리 검을 회수하며 자신의 몸을 방어했다.

파파팡!

가죽 북이 터져 나가는 듯한 소음과 함께 흑립인은 솟구쳤던 속도만큼이나 빠르게 튕겨 나가 버렸다.

터턱!

흑립인은 공중제비를 돌아 바닥에 착지했고, 자신에게 공격을 가한 인물을 쏘아봤다.

"허헛, 밖이 시끄러워 나왔더니… 몹쓸 놈들이 세가를 방문했구나."

노쇠한 목소리의 주인.

"아버님!"

모용관천이 제일 먼저 그의 정체를 알아보았다.

백의 무명옷에 커다란 붓을 든 채로 모용가의 무인 앞으로 떨어져 내린 이는 바로 모용세가의 가장 큰 어른인 모용연이었다.

"오냐."

모용연이 시큰둥하게 인사를 받으며 무덤덤한 눈으로 자신이 공격한 흑립인을 바라본다.

"허, 그 공격을 버텨내었단 말이냐? 놀라운 놈이구나."

“······.”

모용연의 말에 흑립인이 자세를 바로하며 물끄러미 자신의 검을 바라봤다. 검은 마치 수백여 개의 검기에 난자된 듯 톱날과도 같이 변해 있었다. 그러고 보니 노인이 들고 있는 거대한 판관필. 붓으로 자신을 공격한 모양이었다.

“······.”

모용연의 한 수에 흑립인들이 자세를 바꾸었다. 조금 전까지 대수롭지 않은 투로 모용가의 무인들을 대했다면, 지금은 짙은 살기를 뿌려대고 있었다.

“아버님, 피하십시오. 보통 놈들이 아닙니다.”

모용관천이 다가와 모용연에게 고한다. 그런 아들을 물끄러미 바라보던 모용연이 혀를 찼다.

“쯧쯧, 가주라는 놈이 시작도 전에 도망칠 생각을 한단 말이냐? 그래서야 어찌 인의를 지켜온 모용가의 가주라 하겠는가!”

“······.”

나지막한 꾸중이었지만, 모용관천은 뭐라 대답할 수가 없었다.

“허허, 미안하네. 이거 세가의 무인들이 못난 꼴을 보였으이.”

아들에게 꾸지람을 내린 모용연이 누군가를 향해 웃는다. 도대체 누구에게 사과한단 말인가? 그의 시선은 흑사방도, 모용가의 무인들에게도 향해 있지 않았다.

"별말씀을… 본디 인명이 가장 중하다 했습니다. 가주께서 내린 결정이 옳은 것이 아닐는지요? 너무 나무라지 마십시오."

"흠, 그런가? 그래도 미안하네."

모용연이 사과하는 대상은 일전에 모용찬이 데려온 그 사내였다.

천천히 정원 안으로 들어서는 젊은 사내. 무명이라는 이름을 가지고 있다고 했던가?

"어떤가? 자네가 좀 도와줄 텐가? 세가에는 그리 쓸 만한 놈들이 없어서 말일세."

"제가요?"

"이 사람, 얻어먹은 밥값은 해주어야 하지 않겠는가? 다 늙은 내가 할까? 예의 바른 사람인 줄 알았더니 내 잘못 본 모양이구만. 저들을 보게. 기세가 흉흉하지 않은가? 더구나 다들 젊은 놈들인데 나이 많은 내가 나서야 되겠는가? 이미 좀 전의 한 수로 늙은 뼈다귀가 비명을 지르네."

"……."

무명은 담담하게 모용연을 쳐다본다.

"어쩔 수 없군요. 저 또한 어르신의 도움을 받은 처지이니……."

"크하하하! 역시 내 사람을 잘못 보지 않았음이지! 자네의 무공을 좀 보여주게나."

"제 무공을요?"

"당연하지 않은가? 그럼 내가 보여준 무공으로 상대하려 했는가? 아마 그랬다가는 나는 가문의 절기를 타인에게 보여주었다는 이유로 쫓겨날지도 모르는데?"

"하하, 어르신도……."

물론 거짓말이다.

세가의 무공을 외인에게 전수하는 것은 분명 잘못된 일이긴 했으나 모용연이 하겠다는데 반박할 사람은 아무도 없질 않은가? 사실 모용연은 이 신비롭기만 한 사내가 어떤 힘을 가지고 있는지가 궁금했다.

"하지만 아직 제대로 제어를 하기 힘들어서……."

"그래도 어쩔 수 없네."

"흠, 그럼… 누가 검을 하나 빌려주시겠습니까?"

"……."

무명의 말에 모용관천을 비롯한 모용세가의 무인들이 어이없다는 표정을 지었다. 이 위급한 상황에 담소 따위나 청하는 모용연의 행동은 뭐고, 얼굴에 긴장감 하나 없이 웃으며 검을 빌리는 무명이라는 사내는 또 어떤 인물인가?

더구나 이런 가문의 위기를 잘 알지도 못하는 타인에게 선뜻 도와달라 청하는 모용연이라니……. 노망이라도 난 건 아닐까?

"이놈들! 무엇 하는 게야? 어서 검을 빌려주지 않고!"

"예? 예."

자신의 조부로 인해 목숨을 부지한 모용찬이 허리에 매인 검을 끌러 무명에게 전해준다.

"고맙습니다. 조심해서 사용하지요."

"아, 예."

지금의 상황이 어떻게 돌아가고 있는 것인지 제대로 이해하지 못한 모용찬은 어물쩍거리면서 말을 받았다.

스르릉.

"흠, 좋은 검이군요."

"그럴 걸세, 내가 준 검이니."

"그렇습니까?"

무명이 고개를 끄덕이며 두 세력이 대치한 사이로 들어섰다. 그때 갑자기 생각난 듯이 모용연이 물었다.

"그런데 자네, 검술도 할 줄 알았던가?"

"아닙니다. 검술을 배워본 적은 없습니다."

"……?"

"걱정 마십시오. 어찌해 보면 되겠지요."

"아, 뭐… 그렇긴 하네만……."

뭐가 그렇단 말인가? 만일검, 천일도, 백일창이라는 말은 괜히 생긴 게 아니다. 자고로 검이란 만 일을 수련해야 제대로 휘두를 수 있다 했는데, 그런데 당연하다는 듯이 검을 쥐

는 무명이나 고개를 끄덕거리며 수긍하는 모용연의 저 태도
는 무엇이란 말인가.

"허, 어이가 없구만. 늙은이, 노망이라도 난 거냐? 앙? 지금
우리가 우스워 보여?"

그들의 하는 양을 어이없어하며 쳐다보던 곽청이 냅다 소
리를 질렀다.

"아, 기다리게 했습니까? 미안하군요. 이런 상황은 처음인
지라……."

사람 좋은 웃음을 흘리며 무명이 곽청에게 사과를 했다.

"저… 아버님, 지금이라도 몸을 빼시는 것이……."

모용관천이 조심스럽게 다가와 모용연에게 말을 걸었다.

"떽! 멍청한 놈 같으니! 그런 쇠 눈깔을 달고 어찌 모용가
의 가주인 게야! 이 일이 끝나면 당장 네 녀석부터 갈아치워
야겠구나!"

"예?"

"걱정 마라, 어찌 될 사람은 아니니. 도리어 내일은 네놈이
머리를 조아려 사죄를 청해야 할지도 모르겠다. 어찌 저런 위
인을 객당에 모셨단 말이냐? 쯧쯧, 못난 놈 같으니……."

"……."

모용연의 꾸지람에 머쓱해져 버린 모용관천이 천천히 뒤
로 물러났다.

모용관천이 꾸지람을 듣는 동안 무명은 찬찬히 흑사방의

인물을 쓸어보다 익숙한 얼굴을 발견하고는 밝게 웃는다.

"더러 안면이 있는 분들도 계시는군요."

"……."

무명의 말에 그의 시선을 좇아 모두의 눈이 삼악귀에게로 향했다. 그런데 그 이름도 쟁쟁한 삼악귀의 첫째 귀검악을 비롯해 악부와 사향악비가 손가락으로 무명을 가리키며 무엇에 잔뜩 겁에 질린 듯 학질 걸린 사람처럼 떨고 있지 않은가?

"다… 당신은……."

"쯧, 분명 그때 제가 알아듣게 말씀을 드렸는데……."

"아… 아니, 우리는 이 일과 전혀 관계가 없소. 오… 오해하지 마시오, 대협."

"일단 상황이 정리되면 다시 이야기하지요."

"대… 대협……!"

삼악귀의 갑작스러운 반응에 모두가 고개를 갸웃거렸다.

"자, 그럼 서둘러 시작할까요? 보아하니 당신들, 무고한 이들을 너무 많이 죽이셨군요."

"……."

무명이 검을 지면으로 향한 채 흑립인들을 마주하고 섰다.

"소생은 무명이라 합니다."

"……."

흑립인들은 자신들의 검에 손을 가져갔다. 잘 벼린 검과 같은 기도의 사내들답게 무명에게서 왠지 모를 위화감을 느낀

듯이 조심스럽게 움직이고 있었다.

"뭐 하는 겁니까! 어서 놈을 죽이지 않고!"

곽청의 외침과 동시에 선두의 흑립인이 빠르게 발검했다.

채앵!

쾌속하다는 말이 무색할 정도의 빠름이었으나 검은 살짝 발을 물린 무명의 앞섶을 지나치며 허공을 갈랐다.

슈가각!

또 한 번 기를 머금은 검이 이번에는 무명의 좌우를 노리고 날아들었다.

채— 앵! 챙!

순식간에 이 검이 떨쳐졌고, 무명은 태연하게 검을 비틀어 올리며 막아내었다.

팅!

검이 튕겨 나가고, 열두 명의 흑립인이 무명을 향해 공격을 시작했다. 눈에 잘 보이지도 않을 정도로 빠르게 검을 휘두르고 찔러왔지만, 그때마다 무명은 아슬아슬할 정도로 피해내며 조금씩 뒤로 물러났다. 언뜻 보기에는 무명이 제대로 된 공격조차 피하지 못한 채로 밀리는 듯했으나 직접 공격하고 있는 흑립인들은 당혹감을 느꼈다.

그는 물러서는 것이 아니라, 미리 몸을 피하고 있는 것이었다. 마치 그들의 검법을 미리 알고 있었던 것처럼 검의 궤적에서 벗어났다.

“……”

시— 잉!

흑립인들의 검이 떨리며 새파란 기운이 일렁거린다. 검기.
순식간에 생겨난 열두 개의 검기가 한 자 이상 늘어나 채찍처럼 휘둘러졌다.

파사사삭!

열두 개의 검기가 한 점에 모이듯이 무명을 공격해 들었고, 청석으로 만들어진 바닥이 검기에 노출되어 깨어져 나갔다.

“호오? 그런 방법도 있군요? 좋은 것을 배웠습니다. 그럼 이제…….”

휘리링!

검기를 피해 반 장이나 몸을 빼낸 무명이 고개를 끄덕이며 자세를 잡았다. 그것은 좀 전까지 흑립인들이 사용했던 발검의 동작과 흡사할 정도로 닮아 있었다.

바람이 분다.

발검의 자세를 잡은 무명의 몸으로 빨려들 듯이 바람이 몰려들고 있지 않은가?

스팟!

무명의 발검에 따라 바람이 흑립인들을 덮쳤고, 형체조차 없는 바람의 기운에 흑립인들은 아무런 반응조차 하지 못했다.

찌지직.

선두에 서 있던 인영의 흑립이 반으로 갈라졌다. 단정히 말아 올렸던 머리칼과 함께 베어져 나간 것이다.

무명은 검을 쉬지 않고 움직였다. 검이 휘둘러질 때마다 폭풍우와 같은 바람이 불어닥친다.

바람. 검에 실린 바람은 칼날처럼 변해 흑립인들의 몸을 스치고 지나간다. 그것은 바람의 칼날이라 불러도 좋으리만큼 빠르고 날카로웠다.

쉭, 쉭, 쉬익, 철컥.

"……."

"……."

검이 떨쳐지는 순간 모두가 할 말을 잃고 말았다.

빠르다.

그들의 머릿속에 공통적으로 든 생각이었다.

지켜보던 모용연은 탄성을 질렀다.

"과연!"

철컥.

무명이 검을 검집에 꽂아 넣고는 길게 숨을 내쉬었다. 왠지모르게 편안한 미소가 지어진다.

"여기, 잘 썼습니다. 검술이란 것도 제법 재미있군요."

"……."

제법 재미있다고?

"하나, 살생을 해서는 아니 되겠지요? 모두 이만 물러가 주시면 안 되겠습니까? 이미 그대들은 무고한 생명을 많이도 해 하였습니다만."

무명이 모용찬을 향해 웃어주고는 다시 몸을 돌려 곽청에 게 말했다.

"닥쳐랏! 누가 네놈 따위의 말을 들을 성싶더냐! 오늘 네놈 도 함께 이 자리에서 죽여주마!"

"흐흠… 역시 쉽게 물러나지는 않으시는군요."

무명이 안타까운 표정으로 고개를 저으며 양손을 펼쳐 뻗 는다.

"힘이란 두려움을 이끌어내고, 때로는 존경의 대상이 되기 도 하지요. 물러나지 않으려는 그대들의 의지, 압도적인 힘의 차이로 꺾어드리겠습니다."

나지막한 중얼거림이 흑사방 무인들의 귓가를 파고든다.

휘류류류.

무명을 중심으로 바람이 모여든다.

세찬 회오리처럼 모여든 바람이 모용세가의 정원을 집어 삼키기 시작했다.

콰류류류.

회오리는 점점 더 거세지고, 무인들은 바람을 이기지 못해 휘청거렸다. 점점 더 거세진 바람에 정원을 장식하기 위해 만 들어진 석등과 화초들이 뽑혀 올라갔고, 청석이 허공으로 떠 올랐다. 무명은 거세진 바람의 회오리가 그의 손을 따라 하늘

높이 솟구쳐 오르자 두 손을 바닥으로 내리눌렀다.

"풍룡(風龍). 포효(咆哮)."

꾸아아앙!

허공으로 솟구쳤던 거대한 바람의 회오리가 일시에 무명의 손을 따라 대지를 내리눌렀다. 엄청난 압력이 모용가의 정원을 내리누르자 지진이라도 생긴 듯이 땅 울림이 생겨난다. 압력을 이기지 못한 흑사방과 모용세가의 무인들이 저마다 바닥에 주저앉고 말았다.

"……"

"……"

신위.

아무도 입을 떼지 못했다.

누가 감히 이 순간에 함부로 입을 뗄 수가 있단 말인가.

다음날.

밤사이 일어난 소란은 심양성도 전체를 깨어나게 해버렸다. 결국 흑사방의 무인들은 소란을 일으킨 죄로 관에 압송되었다. 아무리 관의 비호를 받고 있다고는 하나 무고한 생명을 너무 많이 죽였고, 모용가에서 항의를 했기 때문이다. 물론 모용세가에서 그들을 죽이지 못한 것은 무명이 모용연과 모용세가에 '사람의 목숨을 함부로 해해서는 안 된다' 는 의견을 내놓았기 때문이고, 무명의 힘을 경험한 터라 아무도 그의 말에 토를 달지 못했다.

결국 그날 밤 심양의 흑사방은 흔적도 없이 와해되어 버렸다. 관으로서는 든든한 뇌물 공여자가, 모용세가로서는 적 하나가 사라져 버린 것이다. 그날 밤 모용세가에서 일어난 일은 사람들의 입과 입을 통해 전달되었고, '풍룡현신'이라는 소문은 그렇게 심양에서부터 전 중원으로 퍼져 나갔다.

모용가의 후원 끝자락에 지어진 심성전.

모용연의 거처. 나뭇가지 위에 작은 참새들이 재잘댔다. 무명은 모용연과 담소를 나누며 차를 마시고 있었다. 그동안의 환대(?)에 감사인사를 하고 떠나려는 것이다.

"응?"

떠난다는 말에 섭섭함을 감추지 못한 모용연이 자신의 거처로 몰려오는 한 떼의 무인들을 보며 고개를 갸웃거렸다.

그들은 모용관천을 비롯하여 모용팔수라 불리는 모용가의 주축들과 모용찬이었다.

"은인께 예를 드립니다."

도착하자마자 다짜고짜 절을 하는 모용관천과 무인들로 인해 무명이 화들짝 놀라며 뜰 앞으로 내려갔다.

"아니, 왜들 이러십니까?"

"죄송합니다. 고인을 몰라보고 방자했던 저희를 용서하십시오."

“…….”

“더구나 은인을 제대로 모시지 못했으니 어찌 저의 잘못을
가볍다 하겠습니까? 부디 마음에 담아두지 마시길…….”

“하하, 이런…….”

무명은 고개를 조아리려 대는 무인들로 인해 난색을 표했다.

“일어나시지요. 잘못이라니, 당치도 않습니다. 저와 같은
한낱 무부가 어찌…….”

“아닙니다. 죄를 청하지 아니 하고는 제 부끄러움이 어찌
가시겠습니까?”

“알겠습니다. 저는 괜찮습니다. 도리어 제가 민망하군요.
일어나세요, 가주. 한참이나 어린 제게 왜들 이러십니까?”

무명이 모용관천을 세워 일으키자 그제야 모두 자리에서
일어났다.

“은인, 다시 한 번 감사드립니다.”

“괘념치 마세요.”

무명이 모용관천을 일으켜 마루에 함께 앉았고, 무인들은
뜰 앞에 서 있었다. 모용연은 지금에 와서야 이런 예를 표하
는 아들이 못마땅했던지 인상을 찡그렸다.

“은인, 세가를 구해주신 답례로 작은 연회를 준비했습니
다. 함께 가시지요.”

“하하, 연회요? 이런이런. 막 떠나려던 참이었습니다.”

“예?”

떠나다니? 그게 무슨 말인가?

"원래는 모용 공자를 모셔다 드리고 떠나려 했으나 어르신을 만나는 바람에……."

"……."

"오랜 시간 무전취식했으니 의당 죄송스러운 것은 저인 것을……."

"무전취식이라니요! 당치도 않습니다."

"이제 떠날 참이니 신경 쓰지 않으셔도 됩니다."

"……."

무명의 말에 모용관천이 어찌 설득할까를 고민했다.

"멍청한 놈, 때가 늦었음을 어찌 모를까?"

"……."

모용연이 그에게 핀잔을 줬다. 아들의 마음을 모르는 바 아니었다. 물론 세가를 구해준 고마움도 있지만, 무명이 가진 힘을 얻고 싶어하는 모용관천의 수작이 뻔해 보였다.

"네놈은 아직 멀었구나. 저런 놈에게 세가를 맡겼다니… 쯧쯧."

"……."

모용연에게 마음을 들킨 것을 깨닫자 모용관천의 얼굴이 시뻘겋게 변했다.

"하하, 어르신도 참. 가주님, 어쨌든 저는 좋은 대접을 받았습니다. 나름 얻은 것 또한 많고요."

“그, 그렇습니까?”

모용관천이 머쓱해진 얼굴로 답했다.

“안 그래도 떠나기 전에 인사를 드리려 했던 것인데 굳이 찾아뵙지 않게 되었습니다.”

무명이 일어났다. 원래부터 짐이 없었으니 그냥 온 대로 걸어서 모용가를 나가면 될 일이 아닌가.

“그나저나, 어디로 갈 겐가?”

아쉬움이 가득한 목소리의 모용연이 묻는다.

“글쎄요. 일단 중원을 돌아볼 생각입니다. 들러야 할 곳도 있고.”

“혹 폐가 되지 않는다면 내 부탁 하나 들어주지 않겠는가?”

“무슨?”

“저 아이를 데려가 주시게.”

“예?”

모용연이 손가락으로 가리킨 것은 모용찬이었다.

“어르신…….”

“부탁하네. 짐이 되지는 않을 게야. 말동무도 필요하지 않은가? 나이의 많고 적고를 떠나서 시동 하나 데리고 다닌다 생각하시게.”

“……”

“부탁하네.”

물끄러미 바라보던 무명이 모용연을 향해 고개를 숙이며 공손하게 인사했다.

"어르신, 그럼 가보겠습니다."

"그러게. 다음에 꼭 보세. 그때는 내 자네를 뛰어넘는 서체를 보여줌세."

"하하, 기대하지요."

무명이 말을 마치고는 누가 잡을세라 휘적휘적 걸어갔다. 아쉬운 듯 그 뒷모습을 바라보던 모용연이 멍청하게 서 있는 모용찬을 향해 불호령을 내린다.

"네 이놈! 어서 쫓지 않고 무얼 하는 게야! 어서 가거라!"

"예? 예!"

모용찬이 움찔하며 급히 무명의 뒤를 따른다.

"가서 제대로 하나를 얻기 전에는 돌아올 생각도 하지 마라!"

"……."

모용관천과 무인들은 아쉬움에 입맛을 다시며 물끄러미 그 둘의 뒷모습만 바라보았다.

"멍청한 놈들."

"……."

"손 안에 용이 들었음에도 알아보니 못하니… 쯧쯧. 어찌 세가가 제대로 돌아갈까."

第四章
마교주와 귀왕

第四章

마교주와 귀왕

武林
君子
무림군자

1

어두컴컴한 밤.

서녕 마가장. 청해성 대마교 분타 중 가장 큰 곳이자 가장
많은 무인이 포진한 곳이었다.

“그대가 천혈도 한중인인가?”

청량하리만큼 시원스러운 목소리였다.

마가장의 대전각 안뜰에는 화로를 늘어세워 밝힌 불을 따
라 수십여 명의 무인이 부상을 입은 채로 꿇어앉아 있고, 어
둠과 닮은 흑의복면인들이 그들을 포위하듯이 길게 늘어서
있었다. 항상 천혈도가 앉아 있던 대전 앞의 거대한 태사의에
는 약관이 조금 넘은 듯한 무인이 치렁거리는 흑발을 쓸어 넘

기며 비스듬히 앉아 있다.

"……."

천혈도는 피딱지가 말라붙은 얼굴을 오만상을 일그러뜨리며 사내를 노려보았다. 귀문의 주인이라 했던가? 스스로를 귀왕이라 밝히며 미소 짓는 그의 얼굴은 차갑기 그지없었다. 그랬다. 그가 바로 신흥 강자로 떠오른 귀왕 주량이었다.

"부인하지 않는 것을 보니 천혈도가 맞는 모양이군. 어째서 나의 경고를 무시하고 이곳에 남아 있는 것이지?"

으드득.

천혈도는 빈정거리는 듯한 그의 말에 어금니가 부러져라 갈아붙였다. 아직 털이 보송보송한 애송이에게 당했다는 모멸감에 몸이 떨려왔다.

"뭐지, 그 눈빛은? 아, 당한 것이 억울한 것인가?"

"네놈… 마교가 우습게 보이더냐!"

"훗, 마교가 우습다라……."

"이런 짓을 하고도 교에서 네놈을 그냥 둘 성싶으냐?"

"……."

"네놈은 상대를 잘못 골랐다. 고작 살수질이나 하는 놈이 마교를 업수이 여기다니……."

귀왕이 천혈도를 지그시 쳐다본다.

"훗, 은귀와 적귀에게 큰 상처를 입혔다 해서 제법 강한 자라 생각했는데… 이제 보니 조무래기에 불과했나?"

“뭣이!”

“마교가 우습게 보이냐고 물었나? 전혀. 마교는 대단한 곳이지.”

귀왕 주량은 고개를 끄덕이다 손가락으로 천혈도 한중인을 가리켰다.

“한데, 너는 우습군.”

“……”

귀왕이 싸늘하게 웃는다.

“천귀!”

“예, 귀왕!”

귀왕의 부름에 노쇠한 목소리의 복면인이 그의 앞에 부복했다.

“베라!”

파라락.

목이 떨어졌다.

마교 서열 사십 위에 오를 정도로 고강한 무인이자 전 중원에 걸쳐 그의 일도를 받아내는 자가 손이 꼽힐 정도였고, 청해성과 그 인근을 공포로 떨게 했던 대마두 천혈도의 목이 너무도 허무하게 바닥을 뒹굴었다.

그것을 신호로 마가장에 남아 있던 마교 무인들의 목은 비명성 한 번 질러보지 못한 채로 떨어졌다.

딱, 딱.

바둑돌이 대리석으로 만들어진 판에 놓이며 청아한 울음을 만들어내었다. 마치 신선과도 같은 용모에 인자한 표정을 가진 노인은 자신이 둔 수를 한참을 생각하고 한수 한수를 정성스럽게 두었다. 주위에는 노인 말고는 아무도 없었는데 그는 마치 상대가 있는 듯 검은 돌을 들어 바둑판 위에 올려둔다.

어느 순간 노인의 움직임이 멈추었다.

자신이 만들어낸 흰 돌과 검은 돌의 형세를 찬찬히 뜯어보며 검을 돌을 어디에 두어야 할지 한참을 고심하며 차마 둘 곳을 찾지 못하였음인지 미간에 내천 자를 그려냈다.

"허, 벌써 이십 년이 지났건만⋯ 도저히 뚫고 나갈 곳이 보이질 않는구만."

노인은 너털웃음을 터뜨렸다.

이십 년 전 그는 세상에 자신보다 강한 자가 없을 것이라는 자만심에 빠져 천하를 도모하려 한 적이 있었다.

하나 자신을 막아선 한 사내를 넘지 못했고, 도리어 그에게 반해 버렸다. 그가 가진 기상과 위용이 너무나 존경스러웠고, 그의 행동 하나하나를 모두 배우고 싶었다. 그와 벗이 되어 오랜 시절을 함께 보내고 싶었으나 차마 웃으며 떠나간 그를 붙잡을 수는 없었고, 자신을 따르는 수많은 무리를 버리고 떠날 수가 없었다.

노인은 여전히 그리워하며 항상 그를 만나 두었던 바둑을 생각했고, 오늘도 그와 이틀 밤을 새워가며 벌였던 일전을 그대로 재현해 두고 있었다.

"답이라도 알려주고 가지. 쯧."

노인이 혀를 차면서 기분 좋은 미소를 짓는다. 아마 오랜 벗을 생각하니 흐뭇한 마음이 들었던 모양이다.

"교주님."

"응?"

자신을 부르는 소리에 노인이 고개를 돌린다. 그 앞에는 강인해 보이는 인상을 가진 중년 무인이 오체복지를 한 채 기다리고 있었다.

"여가, 네놈이 어쩐 일이냐?"

"……"

"왔으면 부르지 않고 또 한참이나 기다린 게야?"

"너무 곤히 사색에 잠기신 듯하여……. 혹, 천지무황 그분을 생각하시는 겝니까?"

"아, 그래. 나이가 드니 옛 친구가 그립구나. 허허, 그나저나 얼마나 기다린 게야?"

"얼마 되지 않았습니다."

중년 무인이 웃으면서 담담하게 대답하자 할 말이 없어진 노인이 돌을 놓고 바둑판에서 손을 떼었다.

"그래, 어쩐 일이냐?"

"근래에 들어 무림의 움직임이 심상치 않습니다. 오대세가 연합이 만든 오가회와 사흑련이 긴장을 유지하고 있고, 구파 역시도 연합체를 만들 생각인 듯합니다."

"……."

"또한 감숙에서 귀문이라는 단체가 소리없이 움직이고 있습니다. 얼마 전 청해성에 교의 분타인 마가장이 귀문이라는 곳에 의해 쑥대밭이 되었습니다. 어찌할까요?"

여가라 불린 무인이 자신이 할 말을 마치고 대답을 기다렸다.

"무얼 어찌해?"

"예?"

"무엇을 어찌한단 말이냐?"

노인이 궁금증이 가득한 눈으로 중년 무인을 향해 고개를 들이밀었다.

"그야… 당연히 응징을……?"

"어째서?"

"당연한 것 아닙니까? 감히 대마도의 후신인 마교를 능멸하다니요. 반드시 응징을 가해서 놈들이 다시는 까불지 못하게……."

"여가야, 너 몇 살이냐?"

“예? 무슨……?”

“몇 살이냐고…….”

“이제 예순둘입니다만…….”

“가끔 비 오면 뼈마디가 쑤시지?”

“예? 예… 뭐, 가끔…….”

“나도 그렇다. 요즘은 허리도 아프고, 새벽잠도 없어지고, 팔다리 안 쑤신 곳이 없어.”

“교주님, 어찌 그런 말씀을…… 속하, 듣기 민망합니다. 마도의 신이나 다름없는 교주님께서 그런 말씀을 하시다니… 누가 들을까 무섭습니다.”

“…….”

노인의 이름은 양학명이었고, 중년 무인의 이름은 여자계였다.

그들은 이름 이외에 다양한 수식어로 불리고 있었다. 이를테면, 양학명은 잔학무도, 천마지존, 마도제황, 흑마천존, 무림삼황, 마도지존, 추혈광마 등등. 듣기만 해도 우는 아이마저 그치게 만들 그런 쟁쟁한 수식어였고, 여자계는 혈마도, 살귀, 야차왕 같은 수식어가 항상 꼬리표처럼 따라다녔다. 무척이나 소탈하기만 한 모습을 하고 있는 그들이 바로 중원 무림의 최강의 단일 세력인 마교의 교주인 마도지존 양학명과 그의 오른팔이자 마도 최강의 도객 혈마도 여자계였다.

“여가야, 너 얼마 전에 손자까지 보았지?”

“예.”

“아들 두 놈 장가보냈고.”

“예.”

“딸년은 얼마 전에 신랑을 두들겨 패고는 집으로 돌아왔다며?”

“부끄럽지만, 그렇습니다.”

“뭐 느끼는 것 없냐?”

“무슨 말씀을?”

“여가야, 우리도 이제 늙었다. 이미 교 내의 대소사는 소교주가 하고 있질 않느냐. 일일이 내게 와서 보고하고 허락을 구해야겠느냐?”

“그래도 교주님이 계신데 어찌…….”

교주 양학명이 답답하다는 표정을 지었다.

“너도 이제 그만 수라도객들을 후인에게 물려주는 것이 어떠냐? 물려주고 나와 낚시나 다니고, 노년을 즐기는 게 어때?”

“예?”

“이미 무림은 우리가 활동하기에는 너무 많이 변했지 않느냐.”

“하지만…….”

“저기, 저기, 저기에 숨어 있는 내 호법이라는 놈들도 벌써 쉰이 넘은 놈들이다. 알고 있느냐?”

"……."

양학명이 어둠에 가려진 이곳저곳에 손가락질하자 어둠이 일렁거리듯이 움찔거렸다.

"나이 쉰이나 처먹고 아직도 저 짓을 하고 있구나. 이제 그만 손자들 재롱 볼 나이도 되었는데 말이다. 여가야, 너도 이리 올라와서 나랑 바둑이나 두고, 나머진 젊은것들에게 맡기는 것이 어떠하냐?"

"하지만 교주님, 소교주님은 아직 입지가 낮습니다. 무림에 알려진 바도 없을뿐더러, 여전히 마도의 최강은 교주님이지 않습니까?"

"거참, 말귀를 못 알아먹는 놈이구나. 되었다. 그냥 소교주와 나잇살이나 처먹고 아직도 젊은 애들에게 욕이나 내뱉는 군사 영감과 상의해서 처리하거라. 네놈을 설득하다가는 내가 몸살이 나겠다."

"……!"

양학명이 축객령을 내리고는 바둑판에 다시금 집중하자 여자계가 나이에 어울리지 않게 입을 삐죽거리며 조심스럽게 대전 밖으로 나갔다.

한참의 시간이 지나고, 다시금 바둑판에 집중하던 양학명의 손이 쉼없이 바둑판에 흑돌을 깔아두면서 말했다.

딱.

"힘들지 않느냐?"

“……”

딱.

누구에게 말하는 것일까? 이곳저곳에 몸을 숨긴 자신의 호법들에게 말하는 것일까?

딱.

“제법이구나. 여기 나를 지키고 있는 자들만 해도 밖에 나가면 웬만한 문파 하나는 찜 쪄 먹을 정도로 쟁쟁한 놈들인데, 여전히 저놈들이 눈치를 채지 못하고 있는 듯하니 말이다. 힘들 텐데 그만 모습을 드러내는 것이 어떠하냐?”

“……”

딱.

마지막 한 수를 두고 바둑판의 형세를 고심하듯이 말을 하지 않자 잠시간의 침묵이 흘렀다.

고요한 침묵에 방금 전까지 여자계가 있던 곳의 대기가 일렁거리더니 긴 흑발을 묶지도 않은 흑의청년이 나타났다.

“웬 놈이냐!”

파파팍!

그제야 숨어 있던 호법들이 대경실색을 하면서 튀어나와 교주의 앞을 가로막고 약관의 사내를 둘러싸는 등 부산을 떨었다. 호법들은 하마터면 심장이 튀어나올 뻔했다. 느끼지도 못한 사이에 불손한 자가 숨어들도록 방치한 것이 아닌가? 그곳도 마교의 수장을 호위하는 무인들이 말이다. 지난 십수 년

동안 수많은 자객이 있었지만, 이렇게 손도 못 써보고 뚫려보기는 결단코 처음 있는 일이었다.

"되었다. 그냥 두거라."

"교주님!"

양학명이 잔뜩 긴장해 있는 호법들을 향해 손을 내저었다. 그러자 호법원주 금만생을 제외하고 모든 무인이 제자리로 돌아갔다.

"허, 이놈도 여가 놈이랑 다를 바가 없는 얼굴이로구나. 주인을 내어준 수하가 용기도 가상하다. 네놈도 이제 쉴 때가 되었음이야. 네놈도 그만 아랫것들에게 물려주고 나랑 남은 여생이나 즐기는 것이 어떠하더냐?"

"……!"

금만생이 주인을 지키지 못함에 대한 죄송함에 금세 무릎을 꿇고 바닥에 엎드렸다.

"교주님, 죽을죄를 지었습니다. 속하를 죽여주십시오."

양학명이 그 모습에 한숨을 내쉰다.

"하아, 이놈이나 저놈이나……. 그만 되었다. 가서 차나 한 잔 내어오거라. 서 있는 모습을 보니 제법 대가 센 녀석 같으니 오랜만에 담소나 나누어야겠다."

"예?"

"차를 내오라지 않는가?"

"하나 어찌 이 불손한 자를 두고… 아니 됩니다. 위험합니다, 교주님.”

양학명이 한심하다는 듯이 금만생을 쳐다본다.

“너는 내가 누구라 생각하는 게냐? 내가 약관이 좀 넘은 놈에게 당할 것이라 걱정하는 것이냐? 쯧… 쓸데없는 소리 말고, 호법원 애들 다 끌고 밖으로 나가. 그리고 시비한테 시켜서 차나 준비하라 이르고.”

“교주님!”

“확! 맞아야 들을래?”

“……!”

일순간 양학명이 갑작스럽게 기세를 내뿜자 금만생이 목을 움츠렸다가 수하들에게 손짓해 밖으로 물렸다.

“너는 왜 안 나가나?”

“제가 어찌… 교주님을 두고… 절대 안 됩니다! 저놈이 무슨 짓을 할지도 모르는데, 쥐어 패신다 해도 이곳을 지키겠습니다!”

더 이상 입씨름을 하고 싶지 않았던 양학명은 고개를 절레절레 흔들며 청년을 쳐다보며 부드러운 어조로 말했다.

“미안하네. 요즘은 도통 수하들이 늙은이의 말을 듣지 않아서 말이야.”

“괜찮습니다.”

“허, 젊은이가 이해심도 많구만그래. 이리 올라오시게나.”

“감사합니다.”

청년은 거절하지 않고, 서슴없이 교주가 앉은 바둑판 앞으로 와서 양반다리를 하고 앉았다.

이제껏 천지무황을 제외하고는 어느 누구도 교주와 마주 앉은 자가 없었는데, 고작 스물을 갓 넘긴 놈이 아무렇지도 않게 자리에 앉자 금만생의 눈에 불똥이 튀었다. 만약 교주만 아니었다면 청년의 목은 이미 바닥을 구르고 있을 것이다.

"그래, 숨어든 실력을 보니 제법이네. 십 장 근처에 올 동안 나도 느끼질 못했으니 말이야."

"과찬이십니다. 십 장 안으로는 도저히 접근할 수가 없겠더군요."

청년이 웃자 양학명의 얼굴에도 웃음이 생겨났다. 뛰어난 놈이 아닌가? 오히려 교주인 자신의 곁으로 접근할 수 있다는 자부심이 가득해 보였다. 자신을 찾아왔다면 그의 위명을 모르지 않을 것이고 어느 정도의 실력인 것도 알 터인데 당당함을 잃지 않고 있었다.

"장강의 뒷물결 흉내도 그만하면 되었다. 허허허."

양학명을 따라 청년이 빙그레 웃었다.

"그래, 어느 문하인가?"

약학명이 호기심이 가득한 눈으로 청년을 쳐다보았다. 이미 과거 모습이 사라지고, 권력에 아부하는 어중이떠중이들만 남은 이 무림에 누가 있어서 이 정도의 인물을 키워냈는지가 궁금했던 것이다.

“귀문.”

“귀문?”

들은 적이 있다. 좀 전에 여자계도 말하지 않았던가, 귀문이 청해성 일대를 넘본다고.

“그렇군. 네놈이 나의 앞마당을 어지럽혔다는 그놈인 게로구나.”

양학명이 짐짓 인상을 찡그리며 사내를 노려보았지만 사내는 한 치의 흔들림도 없이 꼿꼿하기만 했다. 양학명은 점점 더 이 당당한 청년이 마음에 드는 모양이다.

시비가 곧 차를 내왔고, 양학명과 사내는 차를 들었다.

“허, 두렵지 않은 것이냐? 혹여 독이라도 타 있으면 어찌하려고?”

그 말에 사내가 피식 웃는다.

“설마요. 자존심이라면 하늘도 찌를 대마교가 찾아온 손님에게 독살을 행할 정도로 조잡스럽진 않겠지요. 더구나 노야께서는 그 정점에 서 계신 인물. 어른이 주는 차를 어찌 마다하겠습니까? 그나저나 차 맛이 좋군요. 봉황단종인가요? 계피향이군요.”

‘호오, 이놈 봐라?’

마치 제집인 양 히죽거리는 사내의 모습에 양학명이 빙긋이 웃는다.

“하하, 크하하하하! 내 오늘 걸물을 만났구나, 걸물을 만났어! 장강의 뒷물결이 앞물결을 밀어낸다더니 그 말이 꼭 맞는 말이구나. 크하하하!"

기분 좋은 웃음소리가 그의 처소를 울렸다. 문득 양학명은 이런 놈이 마교의 소교주였으면, 자신의 제자였으면 좋겠다는 생각이 들었다.

"어떠냐? 귀문이라 했지? 네놈의 기개가 마음에 들었다. 마교로 들어오지 않으련? 아마도 네가 속한 작은 문파보다는 꿈을 이루기에 훨씬 나을 것이다. 온다면 네게 주인의 자리를 주마. 어떠냐?"

"……!

양학명의 말에 앞에서 들은 사내보다 호법원주인 금만생이 더욱 놀랐다. 파격적인 제안이 아닌가? 더구나 처음 보는 상대에게 저 고집 세고 자존심 강한 남자가 모든 것을 주겠다며 꾀고 있다니 무슨 말도 안 되는 소리란 말인가?

"거절합니다. 말씀은 감사하나 이미 만들어진 것에는 관심이 없어서요. 더구나 저는 제가 속한 귀문이 좋습니다."

"……."

그의 목소리에는 한 치의 흔들림도 없었다.

"쯧, 늙은이를 위해서 조금이라도 고민하는 척을 해주면 좋으련만 어른 모실 줄을 모르는 놈이로구나. 그래, 좋다. 보통 놈이 아닌 듯하니 나를 허투루 찾아왔을 리는 없을 것이고, 용건이 무엇이냐?"

양학명이 무릎을 치며 웃다가 사내에게 물었다. 그제야 사내가 두 눈을 올려 양학명을 꼿꼿히 쳐다보면서 말했다.

"저는 귀문의 우두머리인 귀왕입니다."

양학명도 대충 눈치채고 있었다. 이런 자가 우두머리가 아니라면 누가 우두머리겠는가?

"성은 주(朱)이고, 이름은 량(良)이라 합니다."

"망한 주 씨 일가의 적손이구나. 그 난리통에 잘도 살아남았군."

"운이 좋았던 게지요. 단도직입적으로 말씀드리겠습니다. 무림의 일에 관여치 말아주십시오."

"……."

그의 말에 금만생은 어이없음에 할 말을 잃어버렸으나 양학명은 빙그레 웃기만 했다.

"그래, 뭘 할 생각이냐?"

"일단 청해성을 비롯해 사흑련, 오가회를 제 손안에 넣을 생각입니다."

"호오? 청해성을 먹겠다? 뚫린 입이라고 잘도 말하는구나. 청해성이 누구의 것인지 모르지는 않을 텐데, 자신은 있느냐?"

"노야께서 나서지 않으신다면 해볼 만하겠지요."

양학명이 귀왕 주량을 물끄러미 바라본다.

"마교는 강하다. 감히 자잘한 오대세가의 놈들이나 허드렛

일이나 하는 사파의 떨거지들과 비교하는 것인가?"

"아닙니다. 어찌 그들과 천년마교를 비교하겠습니까? 하지만, 그런 마교의 땅이기에 청해성을 손에 넣으면 세상이 저를 알아보겠지요. 두려워할 것이고요."

"놈, 내가 나서지 않는다면 마치 청해성을 제 손에 넣을 수 있다는 말처럼 들리는구나."

"……."

"좋다. 내 앞으로는 무림에 관여치 않겠다. 단, 신강은 천년간 우리의 터가 있는 곳. 절대 넘보아서는 안 될 것이다."

"어차피 신강을 건드릴 생각은 없었습니다. 단지 무림에 강함을 입증하고자 함이니 청해성만으로도 충분하지요."

"맹랑한 놈."

듣고 있던 금만생의 얼굴이 붉으락푸르락해졌다. 대가리에 피도 안 마른 놈이 감히 중원 최강이라 칭해지는 대마도의 자존심, 마교주에게 '네 땅을 내어다오' 라고 말하고 있지 않는가?

"놈! 감히!"

금만생의 손이 검 자루를 움켜쥐었다. 그 역시 당대 최강자라 칭해지는 자들 중의 하나, 교주만 없었다면 검은 벌써 몇 번이나 손을 떠나 귀왕 주량이라는 놈의 심장을 갈기갈기 찢어버렸을 것이다.

슥.

양학명의 손이 들려 올라갔다.

"보았지? 내가 아무리 너에게 주려 해도 나의 휘하들은 그렇지 않을 게다. 한 무리의 수장인 자가 휘하 무인들의 청을 거절할 수 없음이니 너는 나에게 네 실력을 입증해 보이거라. 그리하면 그 누구도 내게 아무 말 하지 못할 것이다."

"……."

서두가 길었지만, 그의 말은 곧 '네 실력 좀 보자' 라는 뜻이었다.

주량은 잠시 양학명을 쳐다보다가 자리에서 일어나 대전의 넓은 곳으로 이동했다.

"선공은 제가 하겠습니다."

"좋다! 선배의 도리로 네게 삼 초를 양보해 주마."

"교주님!"

주량과 비무를 하려는 양학명을 향해 금만생이 아연실색해 외쳤다. 마교주가 누구인가? 고작 이제 무림에 기지개를 편 놈과는 격이 다르다. 마교 내에서도 마교주와의 비무는 은총과 같은 것이었다.

"만생, 나가 있거라. 그리고 아무도 들이지 마라."

"교… 주님?"

오랫동안 자신의 주군을 모셔온 금만생이다. 목소리 하나, 얼굴 표정 하나에서 모든 것을 읽어낼 수가 있는 그다. 지금 양학명의 목소리에는 진심이 담겨 있었다. 무척이나 오랜만에 걸출한 상대를 만난 것에 대한 희열이 느껴졌다.

"명을 따르겠습니다."

금만생은 하는 수 없이 교주의 처소를 벗어났다. 물론 나가면서 주량을 향해 싸늘한 눈으로 쏘아보는 것을 잊지 않았다.

"좋은 수하들을 두셨군요."

"귀찮을 뿐이다. 자, 오너라. 네놈의 입만큼이나 실력이 있는지 보아주마."

"알겠습니다. 후배가 감히 대마도의 지존이자 중원 최강이신 교주님께 비무를 청하는 바입니다."

교주의 처소 밖에서는 난리가 났다.

천년 마도의 역사상 모든 이목을 속이고 숨어든 자는 귀왕 주량이 유일할 것이다. 호법원은 장로들을 소집하고, 각 무력 단체의 장들은 외부 경계를 맡은 외당의 무인들에 대해 거친 욕설을 내뱉었다.

"교주님은 무엇 하고 계시나!"

소식을 듣고 급히 뛰어온 소교주 단우겸이 호법원주 금만생에게 고함을 질러대었다.

"속하, 소교주님을 뵙습니다."

"인사는 집어치워! 교주님은?"

"안에 계십니다."

"뭐야? 마교를 숨어든 쥐새끼와 함께란 말이냐! 비켜라!"

소교주는 화가 잔뜩 난 얼굴로 처소의 문으로 다가서려 했다.

차앙!

"……."

그의 모습에 금만생이 싸늘한 얼굴로 검을 뽑아 그를 겨누었다.

"금만생! 이게 무슨 짓이냐!"

금만생은 언제나 안하무인격인 소교주 단우겸의 행동에 화가 났고, 그의 말투는 어느새 하오체로 바뀌어 있었다.

"교주님께서 아무도 들이지 말라 하셨소."

"……."

단우겸이 어이없다는 표정을 지었다가 금세 불같이 화를 냈다.

"네 이놈! 지금 미친 게냐! 감히 외인이 들었다는 것조차 눈치채지 못한 호법원주가 어디서 감히! 어서 비키지 못해!"

"……."

날카로운 호통에도 금만생은 담담하게 단우겸을 노려본다.

"비켜라! 호위인 네놈이 어찌 교주님을 버리고 나왔단 말이냐! 목숨으로 갚아도 모자랄진대!"

하나 금만생은 요지부동이었다.

"소교주, 죄에 대한 책임은 내가 지겠소. 하나 교주님의 엄명. 절대 안으로 들일 수는 없소!"

"뭐… 뭐야? 이런 개자식이!"

"……."

"……."

일순간 모여들었던 장로들과 무인들의 얼굴이 딱딱하게 굳었다. 금만생은 수십 년간이나 교주의 옆을 지킨 인물이다. 배분으로 따지자면, 큰사숙뻘은 되는 금만생이었고, 마교 내에서도 서열 삼위에 달하는 강인한 무공을 지닌 자다. 아무리 교주의 제자인 단우겸이라고 하나 고작 스물다섯. 금만생에게 함부로 예의를 잊어서는 안 된다.

"내가 누구라 생각하는가! 나는 소교주다!"

"알고 있소. 하나 아직 교주는 아니지요. 나는 교주님의 명 이외에는 듣지 않소."

금만생이 자신의 검을 뽑아 더 이상 다가오면 소교주라 하여도 베어버리겠다는 듯이 살기를 일으킨 채로 단우겸을 쳐다본다.

"이… 이놈……."

살기 어린 금만생의 모습에 단우겸이 조금 움찔거리며 물러났다.

"이보게, 호법원주. 그만하게. 소교주님도 참으시오. 교주님의 명이라면 함부로 처소에 들 수 없는 일."

수석장로 금가춘이 나서서 그들을 말렸다.

“지금 뭐 하는 게야!”

쇠가 갈리는 듯한 거친 목소리가 무인들의 뒤에서 터져 나온다. 목소리의 주인을 알아본 무인들은 공손히 인사하며 길을 비켜주었고, 수석장로를 비롯한 소교주와 장로들이 공손히 인사를 전했다. 주름 가득한 노안에 위로 뻗친 검은 수염의 노인. 그는 이미 백 살이 넘어 마교의 큰어른으로 불리는 마교의 군사 독심(毒心) 적현이었다.

“군사님을 뵙습니다.”

“적 선배를 뵈오.”

“지금 외인이 들어왔다는데 뭣들 하는 게야! 지금 자네들, 정신이 있는가, 없는가! 어! 머리는 장식으로 달고 다니는 게야? 어서 잡아들이지 않고 무엇 하나!”

“그것이… 교주님 엄명이라…….”

수석장로가 난감해했다.

“교주님의 명이라고? 그럼 여기서 가만히 기다리는 게야? 어떤 놈이 뚫린 게야! 어느 쪽이야? 더구나 호법원주라는 놈이 제 주인을 지키지도 못하고는 지금 소교주에게 검을 겨눠? 나 이거 참! 소교주, 자네는 지금 교주님 엄명을 무시하고, 금원주를 핍박해? 잘 돌아가는구나. 모두 집법원으로 모여! 그리고 마차진!”

“예, 군사님!”

매서운 적현의 호통에 뒤에 있던 마령군장 마차진이 급히 달려나온다.

"애들 풀어서 주위를 삼엄히 감시하고, 놈이 나오면 당장 잡아들여!"

"알겠습니다."

"에잉! 칠칠치 못한 놈들 같으니!"

적현이 잔뜩 인상을 구긴 채로 휘적휘적 걸어가 버리자 장로들은 울상이 되어 그 뒤를 따랐고, 호법원주는 여전히 교주의 처소 앞을 지켰다. 소교주 단우겸은 싸늘한 눈으로 금만생을 쏘아보다가는 휙하니 몸을 돌려 적현을 따랐다.

퍼엉!

허공을 날아온 격공장은 미처 양학명의 몸에 닿기도 전에 터져 나가 버렸다.

"호오, 꽤 괜찮은 격공장이군. 쓸 만해. 하나 일 초를 허비했군그래."

양학명이 흐뭇하게 웃으면서 주량을 칭찬했다.

"……."

주량은 마치 예상했다는 듯이 다음 공격을 준비했다. 매서운 눈으로 양학명의 허점을 찾듯이 쓸어보다 뒷발로 바닥을 찼다.

핏!

"……."

　바닥의 먼지가 피어오름과 동시에 주량의 몸이 사라져 버리자 양학명의 눈이 부릅떠졌다. 순간 시야에서 사라진 순간 기감도 느껴지지 않았기 때문이다. 사라진 주량이 양학명의 머리 위에서 나타나면서 발을 찍어내렸다.

　쩡!

　하나 양학명이 누구이던가? 예상보다 빠른 움직임에 양학명이 조금 놀란 듯했으나 여유롭게 뒷짐을 진 채 몸을 뒤로 물리며 일 촌 차이로 피하자 순식간에 몸을 틀어버린 주량의 주먹이 그의 복부를 파고들었다.

　"이번엔 연계기인가?"

　일순간 주량의 몸에서 수십여 개의 주먹이 뻗어 나왔으나 양학명은 조금도 놀랍지 않은 듯이 작은 움직임만으로 피해 냈다.

　슉, 슉! 슈슉!

　주먹이 양학명의 몸을 수도 없이 스치면서 날카로운 바람 소리를 만들어내었다. 주량의 연계기는 마치 그 끝이 없는 듯이 양학명의 몸을 따라오며 뻗어내어졌고, 그 모습에 양학명은 적잖이 놀라고 있는 중이었다. 속도도 속도이거니와 주먹 하나하나에 실린 권기는 자신으로서도 감히 경시할 수 없는 수준이었다.

　"허! 대단하구나!"

　벌써 백여 번의 공격이 넘어서고 있었음에도 그의 연계기는 끝나지 않았다. 방어를 무시한 채 직선적인 공격으로 쇄도해 오는 주량의 공격은 시간이 흐를수록 그 속도와 변화를 더해가고 있었다.

'헛!'

이대로 가다가는 자신이 허락한 이 초에서 격중당할 것만 같자 양학명은 다급해졌다.

터턱! 퍅!

봐주려다가 궁지에 몰려 버린 양학명이 주량의 팔을 잡아 흘려버렸다.

"……."

너무 놀란 나머지 주량의 공격을 흘린 양학명이 자신의 손을 쳐다본다. 당황한 바람에 양보하겠다던 이 초에 방어세를 취해 버린 탓이다. 이런 수치가 어디 있단 말인가? 한데 주량의 생각은 달랐던 모양이다. 과연 마교주라는 생각이 들었다. 양학명이 자신의 말을 번복하기는 했지만, 주량으로서는 단 한 방도 격중시키지 못한 것에 화가 났다.

"과연… 역대 최강의 교주시군요."

"허!"

우습게 보였단 말인가? 상대는 이미 최선을 다하고 있는데 자신은 여흥거리로 생각한 것이다. 허투루 생각했던 자신이 부끄러워진 양학명이 길게 숨을 내쉰다. 최선을 다해주어야 한다. 아니, 자신이 최선을 다해도 부족함이 없는 상대라는 생각이 들었다. 마음가짐이 달라지니 기세 또한 달라졌다.

"……."

주량은 본능적으로 양학명의 분위기가 바뀌었음을 느꼈다. 이미 피부를 전해져 오는 양학명의 어마어마한 존재감이 소름을 돋아 오르게 하고 있었다. 찌릿찌릿할 정도로 강렬한 기세가 양학명의 주변을 전부 채우자 주량이 재빨리 뒤로 물러났다.

"과연!"

간격을 벗어난 것이다. 자칫했다가는 싸우기도 전에 양학명의 기에 눌릴 뻔했지 않는가?

무릇 고수의 싸움에는 '공의 경계'라는 것이 있다. 자신만의 공격권. 언제든지 필살의 공격을 할 수 있는 공격권이 바로 그것이다. 주량은 자신이 물러선 거리를 보면서 혀를 내둘렀다. 무려 삼 장이다. 자신이 판단한 양학명의 공격권은 무려 삼 장이나 되었던 것이다.

"놀랍구나. 어디서 너와 같은 놈이 나타났단 말인가!"

양학명 또한 주량에 대해서 다시 한 번 놀란다. 자신과의 간격을 정확히 읽어내지 않는가?

"저야말로 놀랐습니다. 조금 전 사용한 기술은 강신무(降神舞)라는 것인데, 아무런 피해를 주지 못할 줄은 상상도 못했습니다."

"강신무라……. 어울리는 이름이었다. 노부의 잠자는 투기

를 깨울 정도로 대단하더구나. 자, 오너라. 너의 세 번째 초식
을 받아내어 주마."

우웅. 우웅. 웅.

드드드드!

바야흐로 자신의 기운을 완전히 개방한 양학명으로 인해
그의 처소가 지진이라도 난 것처럼 울렸다. 그의 기세에 대기
가 반응하고 있는 것이다. 기운과 대기가 마찰을 일으키면서
금세라도 터져 나갈 것만 같았다.

'역시… 이자를 넘지 않으면… 귀문의 목적은 이룰 수가
없다.'

주량은 어금니를 깨물었다. 가정이 확신으로 바뀌는 순간
이다.

자신의 스승이었다가 이제는 충직한 수하가 된 귀문의 무
인들은 마교를 방문하겠다는 자신의 의견에 반대했다. 마교
를 버리고, 다른 곳을 도모하자고 했다. 하나 주량은 자신이
있었다. 황염수의 기운을 몸 안에 모두 융해시키고, 귀문의
모든 무예를 통달해 버린 그에게 두려운 것이 있을 리 없었
다. 그래서 그는 자신의 첫 무림 출도의 상대를 무림 최강이
라 불리는 마교주 양학명으로 고른 것이다. 어쩌면 잘못된 선
택이었을지도 모른다. 아니, 지금 보니 도저히 오를 수 없는
벽처럼 크게 느껴졌다. 하지만 마교주를 이긴다면, 그를 넘을
수 있다면 더 이상 무림에 두려울 것은 없었다.

꽈악!

말아 쥔 주먹에 힘이 들어간다..

'넘겠다. 반드시.'

왠지 마음이 편안해진다. 두려운 상대이긴 하지만, 이길 수 있다는 자신감이 생겨났다. 주량은 삼 초째 사용할 자신의 힘을 믿었다. 감히 최강이라 말할 수 있을 자신의 힘. 귀문십관에서 얻은 자신의 힘.

"노야, 이번 초식에 모든 것을 걸겠습니다. 저 또한 모든 공력을 소진하게 될지도 모르겠습니다. 막지 못하면… 죽을 겁니다."

살기 어린 자부심이다.

"기대되는구나. 막지 못하면 죽는다라……."

"그럼 가겠습니다."

촤르륵.

주량은 뒤 허리춤에서 양손에 네 개씩, 여덟 개의 은색 비도를 꺼내 들었다.

휘익! 파파팍!

꺼내 든 비도는 그의 손을 따라 허공을 느린 속도로 날아갔고, 양학명이 아니라 그의 주위 여덟 방위에 똑같은 거리를 두고 꽂혔다.

"……"

기분 나쁜 느낌이었다. 단지 비도일 뿐인데 양학명은 무척이나 꺼림칙한 기분이 들었다.

"제가 가진 최강의 패입니다."

주량이 나직한 말과 함께 재빨리 수결을 맺었다. 서너 번의 수결이 잔상이 생길 정도로 빠르게 맺히며 주량의 눈이 회백색으로 물들기 시작했다.

귀문팔괘진(鬼門八卦陣)!

'응? 진법인가?'

양학명은 눈살을 찌푸렸다. 땅에 박힌 비도를 중심으로 공간이 일렁이며 주변의 경물이 사라지기 시작했다. 희뿌연 안개가 깔리고 세상이 사라졌다.

"노야……."

주량의 입꼬리가 올라간다. 희죽 웃은 그의 몸이 연기처럼 흩어졌다.

'이, 이게 무슨……?'

믿을 수가 없었다. 자신이 아는 온갖 지식을 동원해 봐도 이런 진법은 처음 보는 것이었다. 생문이니 사문이니 하는 것은 애초에 존재하지도 않았던 것처럼 자신이 있는 공간에는 아무것도 없었다. 그렇다 하여 환각을 만들어내거나 하는 것도 아니었다.

슥!

“큭!”

어리둥절하기만 했던 양학명은 목을 어루만지던 안개가 갑작스럽게 날카로운 예기를 머금자 황급히 고개를 뒤로 젖혔다.

스으.

스친 것일까? 목에 작은 혈선이 생겨나 피가 배어 나왔다. 막지 못하면 죽을 것이라 하더니 과연 조금만 늦었더라도 목이 달아날 뻔하지 않았는가? 양학명은 자신의 투기에 주량이 느꼈던 일말의 공포심을 그대로 느끼고 있었다. 상대가 보이질 않았다. 느껴지지도 않았다. 방금 전의 상황이라면 자신의 몸을 둘러싼 모든 안개가 공격해 올 수 있지 않겠는가.

‘놀라운 기예로다.’

진심 어린 감탄이 들었다. 흔히 진법이라 하면 무언가를 막고, 무언가를 가두는 것, 또한 단체의 무인들이 수십 명이나 떼 지어 공격하는 방법이었고, 자객이라 하면 숨어서 상대의 허점을 노려 공격하는 비열한 수법이라 생각했다. 한데 이놈은 진짜였다. 가장 완벽한 살인술이나 다름없는 기술을 가지고 있었다.

숫!

팔다리를 지나치던 안개가 칼이 되어 스친다.

‘큭!’

살갗이 의복과 함께 베어지면서 피가 흐르는 것을 양학명이 재빨리 지혈을 했다.

"놈… 놀랍구나!"

등 뒤로 식은땀이 흘렀다. 어찌 대처한단 말인가?

[노야, 대단하시군요. 저도 적잖이 놀라고 있습니다.]

안개 속을 울리듯이 공허한 메아리가 사방에서 들려왔다. 육합전성이나 어기전성 같은 것이라면 자신도 할 줄 아는 양학명이었다. 한데 그런 기예와는 차원이 달랐다. 마치 상대의 공간에 갇혀 있는 것 같은 더러운 기분이었다.

'이것 또한 진법. 진법은 공간을 가두는 기술이다. 벗어나면 그만이지. 암!'

생각이 미친 양학명은 전신의 모공을 통해 실낱 같은 강기를 뿜어 온몸을 덮어버렸다. 오직 그만이 할 수 있다는 강기공이 시전된 것이다.

팟!

양학명이 땅을 박차고 앞으로 뛰었다. 아니, 날았다.

한데,

사사삭!

포기할 수밖에 없었다. 상대의 공격은 안개. 아무리 온몸에 강기를 두른다 하여 공기와 같은 안개를 막을 수가 있을까. 강기의 틈새를 파고든 안개가 비침처럼 온몸을 찔러 들어왔다. 다행히 사혈을 피했으나 몸 곳곳에서 피가 배어 나오기 시작했다.

“윽……."

양학명의 인상이 거칠게 일그러졌다.

마치 그는 새로운 도전 앞에 놓인 것만 같았다. 어떤 방법을 써야 할 것인가? 사방으로 강기를 뿜어내고 온통 휘저어놓아도 결국은 안개일 뿐이었다.

“제기랄!"

이곳에서 죽는 게 아닌가 하는 생각이 든다. 이미 온몸에 공력이 충만한데도 도저히 방법이 떠오르지 않았다.

[노야, 그럼… 부디 좋은 곳으로… 큭큭큭.]

저승사자와 같은 메아리가 자신을 비웃었다. 화가 났고 분했지만 어떻게 벗어날 수 없음에 문득 허탈한 웃음이 생겼다. 이리도 어이없게 목숨을 내어주다니…….

“크아아아!"

양학명이 화가 난 목소리로 온몸의 기운을 폭주시켜 버렸다.

[큭.]

'응?

별안간 안개가 반응을 보인다. 자신이 일으킨 기가 회오리처럼 휘몰아치자 안개가 그 힘에 휘말리는 것이 아닌가. 더구나 작은 비명성과 같은 것이 들렸다. 틀릴지도 모르지만 다른 방도가 없었다. 어차피 지금대로 간다면 출혈 과다로 죽을 수도 있었고, 상대의 공격을 막아낼 방법도 없었다.

"좋다! 어디 한번 해보자!"

[크으… 대단한 힘이군요. 살무(殺霧)를… 비틀어 버리시다니……. 하나 이젠 늦었습니다.]

메아리와 함께 사방에서 안개가 몰려들어 양학명의 온몸을 휘감았다. 안개가 예기를 품는 순간 양학명의 몸은 조각조각 나 한순간에 핏물로 화할 것이 분명했다. 하나 양학명은 뭉쳐 오는 안개에 대비해 다시 한 번 온몸에 강기를 두르고 기를 내뿜었다. 밑져야 본전 아닌가.

드드드드.

대기가 소용돌이치기 시작했다. 양학명을 중심으로 안개가 거대한 회오리를 만들며 회전했다.

"멸천마황보(滅天魔皇步)!"

거대한 울림과 함께 양학명이 강하게 지면을 내리밟았다. 그의 온몸에서 엄청난 기운이 사방으로 퍼져 나갔고, 지면이 폭발하듯이 터져 오르기 시작했다.

꾸아앙!

"헉! 뭐… 뭐냐!"

교주전이 통째로 날아가 버렸다.

교주가 머물던 전각이 폭음과 함께 산산조각 나며 터져 올랐고, 엄청난 폭음이 신강 마교의 천마곡을 세차게 울렸다. 마도의 비상 타종이 울리고, 무인들이 교주의 전각을 향해 수 없이 검을 든 채 몸을 날렸다.

"저… 저게……."

"무슨 일이냐!"

달려온 무인들은 자신들의 눈을 의심할 수밖에 없었다.

희뿌연 안개가 사방으로 퍼져 나가고 교주가 온몸이 피투성이가 된 채로 서 있었다. 의복 또한 형체도 없이 사라졌고, 그 앞에는 피가 흘러 혈신이 되어버린 청년이 교주를 향해 희죽 웃고 있질 않은가.

빠각. 빠각. 빠각.

지면에 박혔던 소도가 하나씩 금이 가며 부서지고 가루가 되어 바람에 흩날렸다.

소도가 하나씩 부서져 나갈 때마다 교주의 눈에 세상이 드러나기 시작했다. 마교의 무인들이 너나 할 것 없이 황당함과 걱정이 서린 눈으로 자신을 바라보고 있지 않은가.

"하아… 하아… 이것마저 막아내실 줄은 몰랐군요. 역시… 당대… 최…강……."

털썩.

혈신이 되어버린 주량이 말을 다 마치지도 못한 채 앞으로 쓰러졌다.

"……"

양학명이 쓰러진 주량을 향해 의기양양한 미소를 지었다.

마치 어린아이가 처음으로 승리를 맛본 것 같은 느낌이었다.

기우뚱.

하나 그도 역시 온몸에 힘이 빠져 버린 듯이 쓰러진다.

"교주님!"

폭발과 함께 몸을 피했던 금만생이 허겁지겁 달려와 교주의 몸을 안아 든다.

"만생… 역시 늙기는 늙은 모양이다. 허허."

"교주님, 말씀하지 마십시오. 출혈이 큽니다."

금만생은 교주 양학명의 몸을 지혈하려 했으나 교주는 그의 손을 뿌리치며 누군가를 향해 시선을 돌렸다.

"차진……."

교주가 힘없이 부른다. 하나 기력이 상해 버린 교주의 목소리가 클 리 없었다.

"마차진! 교주님이 부르신다!"

그제야 마차진이 교주를 향해 달려왔다.

"예, 교주님."

"놈을… 치료해라."

"예?"

"놈을 치료해. 죽지 않았을 게야. 저만한 놈이… 죽었을 리 없다. 암, 그리고 천마곡의 주변을 둘러보면… 놈의 수하들이 있을 게다……. 데려오너라."

"……."

마차진이 이해하지 못한 얼굴로 적현 군사의 얼굴을 쳐다보았다.

"이런 빌어먹을 놈! 교주님의 명이 들리지 않는 게야? 어서 움직이지 못해!"

화가 잔뜩 난 적현 군사의 말에 그제야 마차진이 황급히 대답한다.

"예? 예! 속하, 명을 받듭니다!"

"이런 제기랄! 도대체가 생각이 없어! 생각이!"

적현이 욕설을 내뱉으며 양학명의 곁으로 다가왔다. 무척이나 화가 난 얼굴이었다.

"적 숙부… 너무 화내지 마오. 모처럼 강한 놈을 만났어. 천지무황 그놈 이후엔 정말 처음 가져보는 긴장감이었소. 허허… 걸물이야."

"시끄럽습니다! 상세도 좋지 않은데 말은! 교주라는 자가 생각이 있는 겁니까! 없는 겁니까!"

교주를 향해 쏘아붙이는 적현 군사였으나 그의 눈과 표정, 목소리에는 걱정이 가득했다.

"기다리시오. 지금 반드시 해야 할 말이 있소."

"……."

"우겸."

교주가 소교주 단우겸을 찾았다.

"예. 제자, 여기 있습니다."

단우겸이 양학명의 손을 붙잡았다.

"앞으론 네가 교주다."

"예?"

"교주님!"

"교주!"

모두가 깜짝 놀란다.

"시끄러워. 귀가 울린다. 죽는 것 아니니 놀라지들 말아. 앞으로는 우겸이 교주다. 그리고 나는 교의 행사에서 물러나겠다. 또한 교의 존망이 걸리지 않는 이상 나서지 않을 게다."

"……."

"……."

"……."

모두가 할 말을 잃어버렸다. 갑작스러운 양위라니…….

양학명은 자신이 약속한 것을 지키고자 한 것이다.

"젠장할, 다 나으면 두고 봅시다! 뭣들 하는 게야, 어서 교주님을 의방으로 옮기지 않고!"

"예, 군사님!"

업혀 나가는 양학명이 쓰러져 있는 주량을 보면서 희미하게 미소 지었다.

'흐흐흐, 조만간 무림에 유람이라도 나가봐야겠군. 재미있는 일이 일어나겠어.'

청해성이 귀문에 떨어졌다.

무림에 깃든 엄청난 파장. 사람들은 듣고도 믿지 못할 소식에 서중원을 주목하기 시작했다. 감숙성의 귀문이 대마교가 지배하던 청해성을 집어삼킨 것이다. 수많은 사람들이 귀문이 청해를 향해 선전포고를 했을 때만 해도 이란격석(以卵擊石)이니, 당랑거철(螳螂拒轍)이니 하며 오히려 귀문의 어리석음에 혀를 찼다. 한데 귀문은 청해성의 마교 분타 열두 곳을 무너뜨리고, 마교 무인들을 서녕(西寧) 땅 밖으로 내쫓아 버렸다. 다행히 청해성 서남쪽에 근거지를 둔 곤륜파에까지는 화가 미치지 않았으나 그들의 몰락이 머지않았음을 모두가 점치고 있었다.

독서생과 칠절도의 신위

武林
君子
무림군자

1

"혹시 이 근처에 와호산이라 불리는 돌산이 있습니까?"

낙양성의 인근에 도착한 무명은 성문에 도착해 군졸에게 길을 물었다.

"와호산?"

"예. 엎드린 호랑이같이 생긴 산이라는데……."

"와호산이라……. 와호산은 모르겠고, 돌산이 하나 있기는 하지. 그런데 그곳에는 어째서?"

군졸이 무명을 힐끗 쳐다보고는 말한다.

"예. 아시는 분의 묘소가 그곳에 있습니다."

"그래? 허, 별일이구만. 묘소를 돌산에 쓰다니… 그 자제

된 자가 조상을 모실 줄을 모르는구만그래. 쯧쯧. 저리로 가면 있을 것이네."

"아, 감사합니다."

무명은 군졸의 설명을 들은 후 성문을 빠져나갔다. 성 밖의 풍경은 화려함이 가득하던 성안과는 천지 차이였다. 너른 들판이 끝도 없이 펼쳐져 있고, 성 가까이에는 움막과 판자로 집을 지어둔 빈민들이 천지였다.

"성안과는 많이 다른 모습이군요?"

무명이 의아해하면서 묻는다.

"그렇습니다. 어딜 가나 다 비슷한 처지지요. 아직 국정이 완전히 안정되지 못했으니 거지와 빈민들이 넘쳐 나고 있습니다. 저들 대부분이 망해 버린 한족들이거나 황제의 명에 의해서 노예 신분에서 해방된 자들이지요."

모용찬이 대수롭지 않게 말했다. 사실 모용찬은 심양에서도 이런 풍경은 종종 보아왔기 때문에 이상하게 여길 것이 없었다.

그들이 한참을 걸어 빈민촌의 밖으로 빠져나가는 중에 문득 빈민들과 부랑자들이 잔뜩 모여 두런두런 이야기를 주고받는 곳을 지나치고 있었다.

"자네, 그거 들었는가?"

"무얼?"

"어젯밤에 흑조가 또 무령장을 털었다는구만."

“그래? 이미 지난번에 한번 무령장에 나타나지 않았는가?”

“그렇지. 그런데 그때 큰 수확을 올리지 못한 모양이야. 그때문에 지금 성안이 또 난리가 났다는구만. 무령장주 그놈이 노발대발하다가 뒷목을 잡고 쓰러졌다고 하지 아마?”

“그것 쌤통이구만. 무령장주 놈, 나쁜 짓만 골라서 하더니…….”

“그러게 말이야.”

“어쨌든 잡히지 말아야 할 텐데…….”

“예끼! 흑조 그 사람이 어디 보통 사람인가? 신출귀몰하기가 따라올 자가 없는 자일세. 관부의 놈들이 아무리 날고 기어봐야 그림자도 못 쫓을 게야.”

그들의 이야기에 잠시 귀를 기울였던 모용찬이 피식 웃는다.

“이곳에도 제법 의적인 자가 있는 모양입니다. 부자들의 주머니를 털어 가난한 자를 돕는다니 말입니다.”

“그러게요.”

“여하튼 도적은 들끓고 사람들은 더욱 힘드니 큰일입니다. 더구나 흑사방 같은 놈들은 여전히 사람들의 등골을 빼먹고 있으니…….”

모용찬이 여전히 흑사방에 대한 감정을 지우지 못한 듯이 화를 낸다. 그 모습에 무명이 피식 웃는다. 그렇게 이야기를 주고받으며 한참을 걸어 도착한 곳은 낙양성의 외곽에 위치한 거대한 돌산이었다.

"저긴가 봅니다. 저기가 돌산이네요."

"……."

모용찬의 손짓에 무명이 산을 올려다보았다. 푸름이 가득한 산들 틈에 끼어 풀 한 포기 제대로 자라지 못한 돌산은 너무도 쓸쓸하고 외로워 보였다. 자신의 조부가 이런 곳에 묻혔다니 왠지 가슴이 먹먹했다. 어린 시절에는 그렇게도 싫었던 할아비였고, 자신의 부모를 죽인 원흉이나 다름없는 자였는데…….

"……."

무명이 잠시 마음을 추스르고는 발걸음을 옮겼다.

무명은 모용찬과 함께 돌산 위를 올랐다. 한참을 걸어서 올라가자 돌산의 꼭대기가 서서히 드러나기 시작했다. 누군가 다녀간 듯이 돌산 위는 자그마한 평지가 만들어져 있었다. 게다가 항상 사람이 찾아온 모양으로 관리되어 있었다.

"……."

평지의 중앙에 위치한 조그마한 석묘.

보잘것없는 돌을 쌓아 올려 만들어진 석묘에는 예전에 스승이 만들어놓은 듯이 작고 평평한 돌에 이름을 새겨둔 위패도 놓여 있었다.

청학지묘(靑鶴之墓).

바람이 불어온다. 돌무더기나 다름없는 묘는 무척이나 쓸

쓸하게만 느껴졌다. 아무도 찾지 않아 돌에 이끼마저 끼어 있고, 밤이 되면 혹한의 추위를 피할 수도 없게 나무 한 그루 심어져 있지 않았다. 무명의 눈가에 눈물이 맺혀 볼을 타고 흘렀다.

"이거 참, 언젠가 이장(移葬)을 해야겠습니다. 이리도 허름해서야……."

모용찬이 무명을 위로하듯이 그의 눈치를 보면서 작게 말했다.

"아닙니다. 이것으로 되었습니다. 평생을 꼿꼿하게만 살아오신 분입니다. 불의에 타협해 보신 적도 없고, 누구의 덕에 기대신 적도 없습니다. 오히려 이런 곳이 제 조부님께는 더 어울릴지도 모르겠습니다."

"……."

무명은 조부의 묘 앞에 꿇어앉아 한참 동안 말없이 자리를 지켰다. 바람이 그의 머리를 헝클고 지나갔지만 미동조차 없이 침묵을 지키자, 모용찬도 아무 말 없이 무명의 등만을 바라보았다.

'돌아왔습니다. 당신에 대한 원망과 복수심만 가득하던 제가 돌아왔습니다. 한데 이런 곳에 계셨군요. 이 추운 곳에 여전히 외롭게 계셨군요. 당신에 대한 원망도 세상에 대한 복수도 이제는 다 필요없게 되었습니다. 그저 시간이 흘러 지워진 기억에 불과합니다. 이제 다시는 학문을 하진 않을 생각입니다. 다시는 허례허식 속에 매어서 격식을 차리면서 살지는 않으려 합니다. 당신의 손자였던 조청린은 십 년 전 일향촌에서 죽었습니다. 이제 저는 무명이라는 무인으로 살아가려 합니다. 신분과 출신에 구애받지 않고… 그렇게 살아가려 합니다. 어쩌면 스승님을 만나게 해주신 것도 당신의 도움인지도 모르겠습니다, 할아버님.'

오랜 시간 동안 마음속에 담아두었던 말을 하나씩 뱉어내며 무명은 작은 돌을 조부의 묘 앞에 하나씩 쌓아 올렸다. 왠지 마음이 후련해지는 것 같았지만 흐르는 눈물은 어찌할 수가 없었다.

2

당 현종과 양귀비가 사랑을 나누었다는 화청지(華淸池), 수많은 비석들이 세워진 비림. 이 모두가 섬서성의 수도인 서안에서만 볼 수 있는 광경이었다. 거대한 비석으로 세워진 서안의 비림은 항상 각지에서 몰려든 향락객들과 문인들로 붐볐었다. 한데 최근 들어서는 문인들은커녕 향락객의 모습은 코빼기도 찾아볼 수가 없게 되었다. 그 대신 창검으로 무장한 한 떼의 무인들이 천막으로 진을 이루고 있었다.

그리고 그 진의 중심에 세워진 거대한 흑색 기.

펄럭.

그 크기만도 장정 하나만 한 깃발에는 '사흑련'이라는 세 글자만이 새겨져 있었다.

무림을 통틀어 사흑련이라는 글귀를 깃발에 써서 대놓고 꽂아둘 수 있는 사람은 오직 단 한 명뿐이다. 사파의 거두이며, 무림사패에 당당히 그 이름을 내걸고 있는 사흑련주 칠절도 방시혁이 바로 그다.

"어떻습니까, 련주님?"

"호오, 과연 천 년의 고도라 할 만하구만. 정말이지, 이 거대한 비석들을 누가 이렇게 세워뒀을까?"

방시혁은 여느 때와 다름없이 휘어진 만도를 엉덩이 부분에 대충 걸쳐 매고는 거대한 비석을 바라보면서 턱 언저리를 만졌다.

"비림은 송나라 때 개성석경(開成石經)을 보존하기 위해 만들어졌다고 합니다. 당대의 명필인 구양순과 안진경, 이양수 등이 천필석각을 남겨놓아 수많은 유생들이 그 글씨체를 연구하기 위해 찾는다고 합니다."

"오호, 그래?"

"예."

"흐흠… 하여간 대단하구만."

군사의 설명에 고개를 끄덕거린 방시혁이 비림의 이곳저곳을 둘러보면서 연신 감탄사를 터뜨린다.

"그보다 련주님, 요녕성에서 일으킨 거사는 실패했습니다."

"응?"

"예상외의 무인이 나타나는 바람에……."

"아, 그 풍룡이라는 자 말인가?"

"예. 흑사방에 파견해 두었던 철검대 열둘이 옥사에서 자결했습니다."

"흠… 어쩔 수 없지."

"좀 더 신경을 쓰지 못해 실패했습니다. 죄송합니다."

"괜찮네. 일을 하다 보면 자그마한 실수도 있는 법이야. 자책하지 말게. 지금까지 잘해왔지 않은가? 더구나 요녕성도의 일은 사실 크게 신경 쓰지도 않았고 말이야."

"죄송합니다. 그리고 오가회의 후발대가 삼문협(三門峽)에 이르렀습니다."

삼문협은 섬서성, 산서성, 하남성이 겹치는 곳에 흐르는 거대한 계곡이었다.

"으음."

"현재 밀원에서 전해온 바에 따르면, 정확한 위치는 귀문협(鬼門峽) 초입인 모양이고, 남궁세가의 무인이 일백, 모용세가의 무인 일백, 산동악가의 무인이 육십이라고 합니다."

귀문협이라는 것은, 즉 산서성의 상류 지역이자 삼문협이 시작되는 제일 초입이기도 했다. 그렇다는 것은 그들이 이곳 섬서의 성도까지 불과 반나절거리에 있다는 것이다.

"현재 그들은 귀문협 인근에 진을 치고 움직이지 않고 있습니다. 아마도 그들은 뱃길을 이용해 섬서로 들어올 모양입니다. 화음현(華陰縣)의 나루로 기어올 생각인 게지요. 현재 오십 이상을 태우고 움직일 수 있는 배편이 하루에 두어 대 정도 있으니 오늘 저녁이면 화음현에 당도하게 될 것입니다.

"흐흠."

"일단 저들은 련주님께서 서안에 오신지는 모르고 있습니다. 서안에 자리를 잡고 있는 황보세가의 무인들은 아마도 이곳 비림에 련의 무인들과 야수문의 일부만이 있을 것이라 짐작하고 있을 터입니다."

그랬다.

독서생의 말에 따라 방시혁은 비밀리에 서안으로 들어왔다. 이곳에 온 것 역시 그 누구에게도 알리지 않았다. 그것은 독서생의 방문 또한 마찬가지였다. 명목상으로 이곳 비림에 자리한 사흑련 무인 중에는 야수문주인 문청인이 제일 우두머리로 되어 있으니까.

"그래, 저들도 오가회의 주력들을 움직이기 시작한 모양이군. 남궁세가의 백여 명 무인이라면 필시 어설픈 놈들을 내어오지 않았을 거야. 산동악가도 마찬가지겠고."

"그렇습니다. 남궁세가의 무인을 이끌고 있는 자는 남궁무혁."

"호오, 청풍검객이 직접 움직인 것인가?"

청풍검객이라면 남궁세가가 배출해 낸 희대의 검수 중의 하나이며, 남궁오검이라 불릴 정도로 뛰어난 검객이자 창궁검수들의 수장이나 다름없는 자였다.

"예. 또한 산동악가는 악리평, 모용세가는 모용성을 보낸 것 같습니다."

"악리평과 모용성이라면 세가의 장남이 아닌가?"

"예, 소가주들이지요."

"오가회에서 무리를 하는구만그래."

"예, 아마도 그렇겠지요. 섬서는 화산의 세가 약해진 이후로 무주공산(無主空山)이나 다름없는 곳입니다. 세력권을 넓혀가고 있는 저들로서는 포기할 수 없는 곳이기도 하지요. 또한 섬서무림은 지금 주인이 바뀌어 버린 청해성의 마교와 사천의 당가, 청조 건국의 주역이기도 했던 몽고 무장들을 수도 없이 막아낸 강력한 무인들의 본거지입니다. 쉽사리 포기하지는 않을 것입니다."

독서생은 부채로 자신의 입을 가리면서 소상하게 설명을 이어갔다.

"하나 우리에게도 이곳은 중요합니다. 귀문이라는 자들이 이미 감숙을 지나 청해성을 집어삼켜 상당히 위협적인 곳이기도 합니다. 하나 그들은 마교와의 싸움을 통해 입은 피해를 복구하고, 마교의 보복에 대비하기 위해 한동안 잠잠하겠지요. 그 틈새를 노려 련은 섬서를 차지하고, 삼문협을 통해 산서, 호북, 하남까지 모조리 집어삼켜야 합니다. 곧 구파의 무인들이 정무협을 만들게 되면 그들의 힘은 걷잡을 수 없이 강해지고 맙니다."

"그렇겠지. 어쨌든 무림의 역사를 받쳐 온 기둥이 아닌가?"

"그렇습니다. 하지만 그러기 이전에 먼저 나서게 되면, 각 지역의 수많은 무인들을 포섭할 수 있을 뿐 아니라, 앞으로 만들어질 정무협에도 커다란 타격을 줄 수 있습니다. 그렇기 때문에 이번에 오가회와의 싸움은 련으로서도 무척이나 중요한 것입니다."

"좋아, 좋아. 어찌 되었든 자네의 말대로 할 것이니 재차 강조하지 않아도 돼. 그래, 내가 무엇을 해주면 되겠는가?"

방시혁이 호탕하게 웃으며 독서생의 어깨를 두들겨 주었다.

자신의 주인 된 자로부터 무한한 신뢰를 받고, 그의 뜻에 적극적으로 따라준다는 것은 한 무리의 군사에게는 최고의 칭찬이나 다름없다. 독서생은 빙그레 웃으며 말했다.

"화음현으로 가주십시오."

"화음현으로?"

"예. 화음현에서 창천의 검을 꺾고 산동의 창을 부러뜨리십시오."

"음… 그렇게 되면 전면전이 아닌가? 혹, 자네는 볼모로 잡고 있는 제갈가의 여식 때문에라도 저들이 전면전을 하지는 않을 것이라 생각하는 것인가?"

방시혁의 물음에 독서생이 고개를 내저었다.

"아닙니다. 제갈선하의 구류는 잠시 저들의 시선을 빼앗은 것에 불과합니다. 또한 잠시잠깐의 시간을 번 것에 불과하지요. 제갈세가에서도 이것을 알 것입니다. 단적으로 제갈선하의 구출에 전념하던 그들이 얼마 전 대대적인 움직임을 보인 것만으로도 이미 제갈선하의 이용 가치는 사라졌다고 해야겠지요."

"음… 그런데 어째서 자네는 아직도 야수문에서 그녀를 구류하게끔 하는 거지?"

"단지 작은 관심일 뿐입니다."

"관심?"

"예."

독서생의 대답에 방시혁이 그를 물끄러미 쳐다본다.

"크하하하. 이런이런! 자네도 사내구만그래. 내 제갈가의 여식이 뛰어난 미모를 가지고 있다 들었는데 설마 자네가 그런 취향이 있는지 몰랐구만. 이 사람, 쑥맥인 줄 알았더니. 크하하하하! 좋아, 좋아. 그 아이는 자네 마음대로 하게. 내 자네를 위해 그 정도도 못해줄 사람인가? 만약 자네가 장가를 들고자 한다면 사흑련 전체가 움직여서라도 배필을 찾아올 걸세."

독서생이 제갈선하에게 마음이 있다고 지레짐작해 버린 방시혁이 껄껄거리면서 웃기 시작했다. 하지만 그 말에 대해 독서생은 긍정도 부정도 하지 않은 채로 빙긋이 웃기만 했다.

"크하하하, 누가 믿겠는가? 수하들을 대할 때면 차갑기 그지없고, 사흑련 모든 무인에게 공포의 대상인 자네가 여인에게 관심을 두다니 말이야. 크하하하!"

방시혁이 웃음이 멈출 때까지 기다리고 있던 독서생이 다시금 말을 이었다.

"어찌 되었든 오가회와의 싸움은 피할 수가 없습니다. 사흑련이 만들어진 이후부터 다른 파벌과의 싸움은 예상되어진 것입니다. 언젠가는 오가회가 아니라 정파와 마도, 그리고 귀문이라는 자들과도 자웅을 겨루어야 합니다."

"음……."

"일단은 이번 싸움에서 오가회의 예봉을 꺾어버리는 것이 목표. 굳이 모두를 상대할 필요는 없습니다. 우두머리만 베어 내면 충분합니다. 하나 한 가지 주의 사항이 있습니다, 련주."

"응? 주의 사항이라니?"

"우리 측에 피해가 있더라도 적을 다치게 해서는 안 됩니다."

"뭐라고?"

"련주의 힘으로 눌러 버리셔야 합니다. 그들이 대적하고자

하는 마음 자체를 없애 버려야 합니다.”

독서생의 말에 방시혁이 어이없는 표정으로 그를 쳐다보다가 웃는다.

“하아, 제정신인 겐가, 군사? 남궁무혁일세. 더구나 그들이 이끌고 있는 자들은 오가회에서도 내로라하는 무인이고. 그들의 털끝 하나 손대서는 안 된다니. 자네는 나를 죽으러 가라고 하는 겐가?”

“후후, 주의 사항이라 말씀을 드렸습니다. 어차피 결정권은 련주님께 있습니다. 어떻게 풀어가시든 그것은 모두가 련주님의 선택이지요. 다만 주의 사항을 잘 지켜주시면 섬서를 수중에 넣는 데 많은 도움이 된다는 것만은 확실합니다.”

“…….”

방시혁이 독서생을 물끄러미 쳐다본다.

“쳇, 알았어, 알았다고. 그럼 다녀오도록 하지.”

방시혁이 뒷머리를 긁적거리고는 이내 고개를 돌려 버리자, 독서생이 그의 뒤에서 허리를 숙여 인사를 했다.

“젠장… 매일 어려운 것만 시키는구만.”

“…….”

“하성!”

“예, 련주! 속하, 대기 중입니다!”

“이동 준비를 하라. 목표는 화음현 오가회의 후발대다.”

“존명!”

방시혁은 옅은 미소를 띤 채로 허리 굽힌 독서생을 바라보다 말 위에 올라 내달리기 시작했고, 그를 호위하는 사황대 일백여 명의 무인이 동시에 그 뒤를 따라 질주하듯이 쏘아져 나갔다.

사혹련주 방시혁이 떠난 후 그의 모습이 완전히 보이지 않게 될 때까지 허리를 굽히고 있던 독서생을 향해 야수문주 문청인이 다가왔다.

"이런, 벌써 출발하신 겝니까?"

"예, 가셨습니다. 목표를 잡으면 주저하지 않는 성격 아닙니까."

"이런, 인사도 못 드렸는데……. 그나저나 우리는 무엇을 합니까? 수하 녀석들이 몸이 근질근질해하고 있습니다. 벌써 한 달여나 대치만 하고 있는 상황이다 보니……."

"하하! 걱정 마세요, 야수문주님. 이제 곧 야수문의 무인들이 활약을 해야 할 테니까요. 모두 준비하라 이르세요."

"정말입니까?"

"예. 련주님이 후발대를 막아내는 동안 우리는 그들의 선발대가 머물고 있는 서안을 점거하고, 철마방을 손에 넣습니다."

"오오, 좋군요!"

"그보다 제갈세가의 두 아가씨는 어디에 있습니까?"

"아, 고양이새끼들 말이군요? 카하하하! 그년들은 공야청이 지키고 있습니다."

"그럼 가볼까요?"

"예, 군사."

3

은은한 다향이 흐르는 넓은 천막.

사흑련의 두뇌이자 지금의 거대한 힘을 만들어내었다고 해도 과언이 아닌 군사 독서생이 탁자 위에서 모락모락 김을 피워 올리는 찻잔을 손으로 감싸 쥐고 그 향을 음미했다.

한껏 여유로운 그의 앞에는 표독스러운 표정의 아름다운 여인이 독서생을 노려보면서 이를 갈고 있었다. 고운 아미와 반달처럼 휘어진 눈이 무척이나 아름다운 그녀의 이름은 제갈선하였다.

일전에 공야청에 의해 구류된 이후 주요 혈 자리를 제압당해 내공을 쓰지 못하게 된 채 벌써 한 달여나 이곳에 감금되다시피 했다.

그녀의 뒤로는 호혜라는 이름의 여류무인이 양팔이 묶인 채로 사흑련의 무사에게 잡혀 있었다.

"초췌할 줄 알았더니… 괜한 걱정을 했군."

"흥, 네놈들에게서 빠져나가려면 잘 먹어야겠지."

"과연."

사흑련에서 주는 음식을 거부해 고초를 겪고 있을 것이라
생각했는데 그것은 기우일 뿐이었나 보다.

"무슨 수작이냐?"

제갈선하가 단도직입적으로 물었다. 그 말에 독서생은 느
긋한 표정으로 백선(白扇)을 들어 입을 가리며 눈웃음을 지었
다.

"꽤나 급했던 모양이군. 차가 식는다. 일단 들면서 이야기
하지."

"흥!"

제갈선하가 그를 향해 눈을 흘리다가 고개를 돌려 버렸다.

"이봐, 이건 꽤나 좋은 차란 말이야. 봉황단종은 요즘 같은
시기에는 구하기조차 어려워."

"흥, 제법 고상한 척을 하는군."

"고상한 척이라고? 후후. 나는 원래 고상한 성격의 소유자
야. 시서를 즐기고, 난화(蘭畵)를 좋아하지. 또한 금(琴)과 소(簫)
에도 조예가 깊거든. 어때, 들어볼 텐가?"

"잘난 척이군. 그따위 말을 하기 위해 불렀나? 그렇다면 사
양하도록 하지. 그쪽에 대해서는 전혀 알고 싶지 않으니까 말
이야. 내 생각에 사흑련의 두뇌, 아니, 귀신의 지혜를 가지고
있다고 알려진 독서생이 자기소개나 하기 위해 나를 잡아 가
둔 것은 아닌 것 같은데 말이야."

"후우… 낭만이 없구만."

제갈선하의 앙칼진 대답에 독서생이 고개를 내저었다.

“묻겠다. 나와 호혜를 구류한 지 이미 한 달이라는 시간이 흐른 것으로 알고 있고, 아직도 당신들은 서안으로 진입하지 못하고 있다. 그것은 오가회도 마찬가지겠지. 그렇다면 이미 볼모로서의 나의 가치는 사라졌을 터. 한데 죽이지도 않을뿐더러 좋은 음식에 행동에 자유까지 주며 이곳에 구류하는 이유는 무엇이지?”

“이런이런, 뭔가 오해하고 있군. 볼모라니? 당신과 당신의 호위는 우리 사흑련의 손님이야. 손님을 함부로 대접해서는 안 되지. 안 그런가?”

독서생이 의외라는 표정으로 제갈선하에게 말한다.

“풋, 좋아. 손님이든 볼모든 어차피 내가 선택할 수 있는 것은 없으니까. 당신들이 부르기 나름일 테고. 어째서야?”

“어째서라……. 글쎄…….”

독서생이 곰곰이 생각하며 대답할 거리를 생각하고는 제갈선하를 향해 씨익 웃었다.

“반했다면, 믿어줄 텐가? 당신에게 말이야.”

갑자기 느끼하게 웃는 독서생의 표정에 제갈선하가 어이없다는 표정을 지었다.

“왜? 감동적이지 않나? 적에게 반한 거대 세력의 군사. 이루어질 수 없는 사랑을 한탄하며 그녀를 납치하다.”

“쿡.”

어이없음에 제갈선하가 웃음을 짓고 말았다.

"좋아, 좋아. 농담이라고 생각하지. 이제 재미있는 이야긴 되었어. 말 돌리지 말고 대답해 봐."

"거참, 귀염성없는 여인이군. 이럴 때는 비위라도 맞추어 주는 것이 좋지 않나? 당신과 저기 뒤에서 묶여 있는 호위의 생살여탈권을 쥐고 있는 사내인데 말이지."

"우습군. 죽음 따위는 두려워하지 않아. 내가 말해볼까? 시간이 흐를 대로 흘렀어. 당신 정도라면 이미 오가회가 무엇을 할지, 어떤 행동을 할지 다 알고 있을 거야. 더구나 그에 대한 대책 또한 세워두었겠지. 오가회는 더 이상 기다릴 수 없었을 것이고, 후발대를 보냈을 거야. 당신은 분명 양동의 계를 쓰겠지. 오가회의 후발대가 이곳으로 오자면 필시 삼문협을 거쳐 올 것이고, 가장 가까운 곳은 화음현의 나루. 그리고 이곳에 주둔하고 있는 것은 야수문과 어젯밤 도착한 무인들. 그렇다면 어젯밤 도착한 무인들은 화음현을 친다. 야수문은 서안에 있는 황보세가를 치겠지. 안 그런가?"

"호오? 계속해 봐."

"한데 이곳에서 당신이 만약 무력으로 우리를 제압한다면 섬서 무인들의 마음을 이끌어내지 못할 것이고, 그렇기에 유혈사태는 더더욱 무리. 오가회에서도 이를 알고 있을 것이니 필시 저명한 고수를 보냈을 터야. 그렇다면 사흑련이 그들을 유혈사태없이 제압하자면, 사흑련주 본인이 직접 나섰겠군."

"이거 굉장한걸? 정확해. 다음은?"

"사흑련주와 만나게 된 오가회의 무인들은 화음현에서 패하겠지. 결국 황보세가는 고립될 것이고. 그렇게 되면 나뿐만 아니라 황보세가의 무인들까지 사흑련의 포로가 되겠지. 오가회는 더 이상 함부로 나서지 못할 것이고 말이야."

탁!

듣고 있던 독서생이 탄성과 함께 무릎을 쳤다. 마치 제갈선하가 자신의 머릿속에서 나온 것인 듯 오랫동안 준비했던 노림수를 정확히 읽어내고 있질 않은가?

"여기까지는 내가 아니라 누구라도 예측할 수 있을 거야. 한데 그다음의 노림수는 뭐지?"

제갈선하가 눈을 가늘게 뜨고 물었다. 독서생은 흐뭇한 표정으로 일어나더니 부채를 만지작거렸다. 그리고 제갈선하를 향해 돌아섰다.

"다 맞았어. 하지만 하나 틀린 게 있군."

"뭐라고?"

"누구나 다 예측한다고? 아니야. 너만이 가능하지. 신뇌(神腦)라 불리는 제갈무후의 자손들이 수두룩 빽빽하고, 핏줄만 타고나도 영재라 불리는 제갈세가에서도 너만이 나의 노림수를 읽어냈을 거야. 지금처럼 말이지. 남아(男兒)가 제일이라는 아집 속에서 제갈세가는 너를 제대로 활용하지 못하고 있는 거야. 어쩌면 무림에서 제일 똑똑한 여인일지도 모르는데 말이지."

"……."

제갈선하는 부정하지 않았다. 그것은 어떤 의미로는 자신에 대한 자부심이었다.

"솔직히 놀랐어. 섬서성에서 너라는 대어를 낚게 될 줄은 몰랐지. 기대도 안 했던 사실이고 말이야. 너를 잡음으로써 나는 무림지계를 다시 세워야 했으니까."

"무슨 소리지?"

"후후, 네 말이 맞아. 황보세가의 무인들까지 얻게 되면, 우리는 오가회의 공격으로부터 비교적 안전하게 된다. 그리고 나는 황보 무인들을 풀어주고, 화음현에서 사흑련주께서 아량을 베푼다. 무림인들의 마음은 우리에게로 쏠리게 되겠지. 철마방은 자연히 우리에게로 떨어지게 되고 말이야. 그렇게 되면 화산파와도 큰 무리 없이 뒤섞일 수 있어. 아무리 종이호랑이에 불과해졌다고는 하나 수백 년의 전통을 지켜온 대문파. 그들을 생각하지 않을 수는 없지. 아마도 그들 또한 섬서에 또 다른 세력이 들어오는 것을 달가워하지는 않을 테니까."

"그렇군. 섬서성을 차지한다고 해도 그게 안전할까? 귀문이라는 자들이 청해성을 손에 넣었어. 이제껏 누구도 불가능하다고 생각했던 곳을 말이야. 더구나 그곳에는 삼황의 일인인 마도지존이 버티고 있는데도 그들은 불과 열흘 만에 마도를 청해성 밖으로 몰아내 버렸어. 알고 있나?"

"알아. 물론 잘 알지. 그에 대한 분석을 해놓지 않았다면 섬서는 포기했을 거야."

"뭐?"

"귀문. 귀왕을 중심으로 뭉쳐진 여덟 명의 귀혼, 그리고 그를 뒷받침하기 위한 서른 명의 귀자. 그들이 귀문의 전부다."

"뭐라고!"

몰랐던 사실이다.

귀문은 청해성을 점거하고 난 후로 무림에 알려졌을 뿐 어떤 누구도 그들이 어떤 단체인지, 규모가 얼마인지, 그들의 본거지가 어디인지조차 모른다. 그런데 어떻게 독서생은 그들에 대해서 알고 있는 것일까?

"마도는 쉽게 청해성을 포기하지 않아. 줄기차게 공격해 올 테지. 귀문이 강한 것은 사실이지만. 그들이 그렇게 쉽게 청해성을 차지할 줄은 나조차 예상하지 못했으니까. 한데 무릇 땅이 커질수록 신경 써야 하는 부분이 많아지는 법이지. 감숙성과 청해성. 귀문의 세력만으로는 절대 보존하지 못해. 그들은 한동안 신강에서 공격해 오는 마도와 싸워야 할 것이고, 세력을 키워야 할 거야. 두 개 성의 무인들을 제대로 안정시키자면 말이야. 물론 그때가 되면 그들은 정말 걷잡을 수 없을 정도로 강해질 거야. 하지만 그렇게 되는 데는 최소한

일 년 이상. 우리는 그사이에 그들에 대항할 수 있는 세력을
꾸리기만 하면 되는 것이지.”

“…….”

“이야기가 조금 새어버렸군. 하여간 우리는 섬서를 가진
다. 섬서를 차지함과 동시에 형산파를 칠 생각이야.”

“형산파를!”

“그래. 귀주와 중경을 손에 넣는 거지.”

“그… 그런……?”

“귀주와 중경을 손에 넣게 되면, 이제 막 만들어질 정무협
은 두 개 이상의 문파가 힘을 잃은 채로 만들어지겠지.”

“아……!”

그가 말한 두 개 이상의 문파는 제갈세가의 영역이 되어버
린 하남의 소림, 귀주의 형산파, 섬서의 화산파일 것이다.

“귀주와 중경이 손에 들어오면 한 번에 산서, 하남, 호북을
친다.”

“뭐라고!”

놀람의 연속이었다. 이번 것에 제갈선하는 충격에 자리에
서 벌떡 일어났다.

“불가능해! 어떻게 한 번에 그 많은 곳을…….”

“후후, 때론 불가능한 것을 이루어내게 하려 군사가 있는
것이다. 안 그래?”

“아니야. 나는 사흑련이 그 정도의 힘을 보유하고 있지 않

은 것으로 알고 있어!”

“그렇지. 사흑련에는 있지 않아.”

“…….”

“하지만 관에는 있지.”

“관!”

그랬다. 제갈선하는 독서생이 노리는 바를 정확하게 이해했다. 그는 분명 섬서의 싸움이 아니라 그다음의 싸움을 준비하고 있는 것이다. 필시 그에 상응하는 준비 또한 완벽히 이루어져 있을 것이다. 그는 사흑련이라는 한 단체가 아니라 천하를 머릿속에 담아두고 있는 것이다.

이제껏 세가의 이득을 위해 살아온 자신과는 그릇 자체가 다른 인물인 것이다. 졸지에 힘이 빠져 버린 제갈선하가 자리에 털썩 주저앉고 말았다.

사흑련과 오가회, 그리고 정파의 성향은 모두 다르다. 아무리 회의 이름 하에 묶여 있고 연맹으로 묶여 있다 해도 오가회는 다섯 명의 수장이 있는 것이고, 구파에는 아홉 명의 수장이 있는 것이다. 이제껏 정, 사파 무림이 마도와 그렇게도 오랫동안 싸워오면서도 한 번도 그들을 몰살시키지 못한 이유는 바로 그것. 한 명의 수장인가, 아니면, 여러 명의 수장인가였다.

“이제 모두 이해한 것인가? 제법이군.”

제갈선하가 허탈해진 얼굴로 말했다.

"내가 잡혀오지 않았다 해도 당신의 수는 읽어내지 못했겠
군."

"아니. 읽어냈을 거야. 분명히."

"좋아. 읽어냈다고 해도 오가회나 구대문파가 하나로 합칠
수는 없을 거니까."

"그것도 틀렸어. 누구나 위기에 처하면 원수와도 손을 잡
는 법이야. 만약 네가 잡혀오지 않았다면 분명 너는 나에게
있어서 큰 위협이 됐을 거야."

"……."

"운 좋게도 너를 잡게 되었지만 말이야."

"하아, 결국 내가 다시 사흑련을 떠날 수 있는 방법은 없는
거군."

"그래. 그리고 지금쯤이면 련주께서 화음현에 당도하셨을
거야."

독서생은 빙긋이 웃으며 말없이 차를 들이켰다.

4

배가 들어온다.

커다란 돛을 달아 순풍에 밀려 나루로 들어오는 거대한 배.

무척이나 거대한 크기의 배였지만, 실제로 승선할 수 있는
인원은 불과 오십여 명 정도였다. 계곡을 흐르는 삼문협의 거

친 물살을 이겨내기 위해 배의 용골과 선체를 튼튼히 할 목적으로 두터운 목조를 덧대어 만들어졌기 때문에 오십여 명 이상의 무게를 싣고는 얕은 물길로 들어올 수가 없었다.

평소에는 상인들과 행인을 실어 나르는 배였으나 지금의 선상에는 그 기세가 흉흉하기 그지없는 무인들이 실려 있었다. 모두가 하나같이 한 자루 검과 같은 기도를 지닌 매서운 눈매를 가진 자들이었다. 또한 그들 모두는 흰 무복에 가슴팍에 창천(蒼天)이라는 글귀를 수놓은 청삼을 걸치고 있었다.

"대주, 곧 화음현입니다."

"음."

선두(先頭)에 느긋하게 기대앉은 단아한 기도의 중년인을 향해 수하로 보이는 자가 말했다. 푸른 검미에 멋들어진 콧수염을 기른 사내가 바로 현 남궁세가가 자랑하는 최강의 검수 남궁무혁이었고, 한줄기 바람과 같은 검격의 소유자라 하여 청풍검객(淸風劍客)이라는 명호로도 유명했다.

"이곳이 섬서의 초입인 화음현인가?"

"예, 대주."

"좋아. 하선한다. 모두 따르라."

"존명!"

수하들이 한결같은 목소리로 외쳤다.

"아, 아니, 이보시오. 아직 배가 닿지 않았소. 정박하자면 아직 삼십여 장은 더 가야 합니다."

“하하, 괜찮소. 뒤에 오는 동료들이 있으니 여기서 배를 돌려가도록 하오.”

남궁무혁이 다급히 말하는 선장에게 작은 미소를 지어주었다.

“예?”

“창궁검수대는 들어라. 물기가 조금이라도 묻은 놈은 그동안 수련을 게을리 한 것으로 알겠다!”

“존명!”

“이찬! 길을 만들어라!”

“예, 대주!”

선장의 걱정을 아는지 모르는지 남궁무혁의 지시에 모두가 하선할 준비를 했다. 말이 되는 소리란 말인가? 뭍까지 삼십 장이나 되는 거리를 무슨 수로 간단 말인가? 하지만 창궁검수들은 그의 예상을 뒤엎었다.

핑! 피핑! 핑!

배의 가장자리에 선 서너 명의 검객이 배 위에 쌓여 있던 나뭇조각을 물 위로 던지기 시작했다. 흐르는 물결임에도 나뭇조각들이 일정한 간격을 두고 징검다리를 만들었다.

“설마?”

설마는 곧 현실로 드러났다.

남궁무혁이 갑자기 배 아래로 훌쩍 뛰어내렸다.

“헉! 저런!”

선장을 비롯한 선원들이 깜짝 놀라 그가 뛰어내린 곳을 쳐다보았다. 한데 마치 그는 물새처럼 나뭇조각을 밟으며 엄청난 속도로 물 위를 날았다.

"저럴 수가?"

정녕 신기라고 할 만했다. 그런데 오십여 명이나 되는 검객들이 남궁무혁의 뒤를 따라 물 위를 스치듯이 날아가는 것이 아닌가? 선장과 선원들은 눈을 비비며 다시 한 번 쳐다볼 수밖에 없었다.

파파팍!

청삼을 펄럭이며 그들은 이내 뭍에 당도했다.

"저… 저걸 믿어야……!"

"되었다. 어차피 무림인들을 우리 생각으로 이해할 수는 없다. 배를 돌려라!"

"예, 선장!"

꾸우우.

돛대가 돌아가고, 뱃머리가 서서히 움직였다.

파파팍.

마지막 나뭇조각을 차고 오르며 도착한 무인을 끝으로 남궁무혁을 비롯한 창궁검수대 오십이 뭍에 내렸다.

"천상, 도흥, 구탁, 첩련!"

"예, 대주!"

"물기가 묻었다. 반성하라!"

“존명!”

남궁무혁은 발바닥에 스친 물기조차 용서하지 않았다. 그것이 남궁세가를 대표하는 최강의 검객 집단 창궁검수대의 자존심이었던 것이다.

“자, 우리는 먼저 간다. 휴식은 서안의 황보가가 묵고 있는 객점에서 취하겠다.”

“존명.”

“모두 이동……?”

막 명을 내리려던 남궁무혁이 멈칫하며 말을 끊자 앞으로 뛰어나갈 자세를 취하던 검객들이 그에게로 시선을 돌렸다.

“……”

남궁무혁이 바라보는 곳.

나루에 사람들이 쉬어갈 수 있도록 만들어진 작은 정자가 있었고, 그곳에는 호방하게 생긴 중년 무인과 산만 한 덩치를 가진 무인이 앉아 창궁검수들을 바라보고 있었다.

“왜 그러십니까?”

“……”

남궁무혁이 아무런 말이 없자. 창궁검수대의 부대주인 필상이 묻는다.

“누군지 모르겠는가?”

“예?”

“대충 허리에 걸쳐 놓은 완만하고 긴 도신, 그리고 안으로

깊이 갈무리한 엄청난 검기. 저 도에 저만한 기도를 가진 자
는 사혹련주 칠절도뿐이다.”

“칠절도 방시혁!”

남궁무혁이 미간을 찌푸리며 자신을 알아보는 듯하자 대
충 정자에 걸터앉아 있던 방시혁이 반갑게 손을 흔들었다.

“저자가 홀로 왔을 리 없다. 그의 옆에 앉은 자는 필시 사
혹련주를 호위하는 사황대의 대주 천하성이다. 주변을 경계
하라 이르라.”

“알겠습니다.”

필상은 일언반구없이 창궁검객들을 배치하고, 주위를 경
계하게 했다.

“방시혁, 오랜만이군.”

“아, 그래. 한 십 년 만인가?”

“그렇군.”

남궁무혁이 천천히 걸어 방시혁이 있는 정자의 삼 장 앞으
로 다가섰다.

“그대가 아무 목적 없이 이곳에 기다리고 있지는 않겠지?”

방시혁을 쏘아보며 남궁무혁이 자신의 허리에서 검을 뽑
아 들었다.

“아, 아, 너무 흥분하지 마. 오랜만에 만났는데, 인사 정도
는 해야 하지 않겠어?”

“닥쳐라! 네놈과 인사를 나눌 이유는 없다!”

“거참……..”

방시혁이 한쪽 눈과 입을 찡그리며 고개를 저었다.

“청풍검객! 예를 갖추어라. 련주께서는 사흑련의 수장이다! 어찌 함부로 평대를 한단 말인가!”

“흥, 천하성. 많이 컸구나. 사파의 우두머리 따위에게 존칭을 써줄 이유는 없다!”

“네놈이!”

천하성의 얼굴이 붉으락푸르락해지더니 금세라도 옆에 둔 참마도를 뽑아 들 태세였다.

“아아, 참으라구. 그대가 나설 자리가 아니지 않나.”

“죄송합니다, 련주님.”

“이봐, 무혁이. 오랜 정(情)도 있는데 이리 와서 술이나 한잔하지 그러나? 어쨌든 한때 동문수학하던 처지가 아닌가?”

“흥! 네놈 따위, 내가 알 바 없다. 검술을 몰래 훔쳐 배우던 네놈 같은 떨거지가 어찌 사흑련의 주인이 되었는지는 모르나 내 오늘 너의 목을 베어주마.”

“거참……..”

남궁무혁이 말을 끊어버리자 방시혁이 더 이상 대화할 가치를 느끼지 못했는지 고개를 저으면서 일어났다. 허리에 매달린 기다란 도신이 바닥을 쓸며 흔들렸다.

“대주, 어찌 대주께서 저런 놈과 싸우려 하십니까? 제가 하겠습니다.”

“……”

필상이 남궁무혁 앞으로 검을 빼 들고 나왔다.

“저놈이!”

“나서지 마라. 군사가 내가 해야 한다고 했다. 그러니 내가 해야만 해.”

“하지만 련주, 격이 맞질 않습니다.”

“격? 하하, 천 대주. 언제부터 우리가 그런 것을 따졌나? 걱정 말고 물러나 있어.”

“으드득! 알겠습니다.”

화가 잔뜩 난 천하성을 물리며 방시혁이 어슬렁거리듯이 앞으로 나섰다.

“사황대는 들어라! 지금부터 단 한 명도 움직이지 말고 자리를 지켜라! 혹 내가 쓰러지거나 죽더라도 너희의 임무는 나의 시체를 수습해 가는 것이지, 싸우는 것이 아니다! 알겠나?”

방시혁의 목소리가 나루를 쩌렁쩌렁 울렸다.

“사황대! 련주의 명을 받듭니다!”

“덧붙여, 사황대는 이곳 싸움에서 외인들이 피해가 없도록 보호하고, 그들을 밖으로 모셔라!”

“존명!”

방시혁의 명에 어느 순간 창검검수대의 앞에 불쑥 나타났던 일백여 명의 무인이 그를 향해 공손하게 포권을 하고는 나

루에서 배를 기다리고 있던 이들을 하나둘씩 데리고 밖으로
빠져나갔다.

"되었군. 이만하면 싸움터가 만들어진 것이겠지? 와라, 남
궁무혁."

방시혁이 팔짱을 끼고는 남궁무혁 앞에 똑바로 섰다.

"흥! 대주가 네놈을 상대할 성싶으냐! 받아라! 창궁현현(蒼
穹現現)!"

필성이 남궁무혁이 움직이기도 전에 검을 뽑아 뛰어나오
며 방시혁의 몸을 베어갔다.

휘익.

검격이 그의 몸을 스치듯이 지나갔으나 방시혁의 몸은 마
치 그 자리에 없었던 것처럼 픽하고 꺼져 버렸다.

서격!

어느새 검격의 뒤로 피해 버린 방시혁이 자신만만한 얼굴
로 서 있었고, 그의 손에는 완만하게 휘어진 기다란 환도가
들려 있었다.

"컥!"

단발마에 비명과 함께 필성이 꼬꾸라지듯이 쓰러졌다.

"검과 함께 한쪽 팔의 근맥을 잘랐을 뿐이다. 목숨에는 지
장이 없으나 앞으로 그 손으로는 검을 들지 못하겠지. 한 문
파의 존장을 알아보지 못한 죄라 여기라."

그 짧은 순간에 도를 뽑아 휘두른 방시혁의 도법에 남궁무

혁의 검미가 꿈틀거렸다.

"자, 오라구, 무혁. 어차피 자네 이외에는 나를 상대할 자는 없음을 알지 않나?"

"네놈… 감히 이런 짓을……. 제법 머리를 굴렸구나."

"아, 오해하지 말라고, 무혁. 알다시피……."

말을 하는 중에 방시혁의 눈이 날카로워졌다. 눈빛이 빛나는 순간 그는 순식간에 삼 장여를 도약하며 남궁무혁의 머리 위에서 나타나 도를 내려쳐 갔다.

"나는 머리를 쓸 줄 몰라!"

까가강!

도격을 막은 검이 부딪쳐 불꽃을 만들어내었다.

"큭!"

검을 막아낸 남궁무혁의 무릎이 도격에 실린 힘을 이겨내지 못하고 바닥에 꿇어졌다.

"난! 강하다! 무혁! 그러니 자만하지 마라!"

슈아앙! 까깡!

순식간에 이격과 삼격이 날아왔다. 하나 상대는 청풍검객. 이미 검으로서 이루어야 할 것을 모두 이루었다 칭해지는 자다. 금세 평정을 되찾고 차근히 방시혁의 검을 막아갔다.

까강! 파캉!

숨 돌림 틈조차 없이 방시혁의 도가 폭풍처럼 남궁무혁을 몰아쳐 갔다. 불과 서너 호흡 만에 수십 초의 공방이 이루어졌다.

파카캉!

방시혁이 양손으로 힘을 실어 올려치며 남궁무혁을 일 장이나 튕겨내 버렸다.

"후아! 오랜만에 도를 휘둘렀더니 온몸의 피로가 풀리는구만."

"네놈……."

남궁무혁의 인상이 완전히 일그러진다. 방시혁의 도는 예전과 달랐다. 자신이 기억하는 떨거지가 아니었다. 실린 힘이 달랐고, 휘어들어 오는 속도가 달랐다. 자칫 막아내지 못할 뻔한 적도 있었고, 그때마다 방시혁이 도신(刀身)을 꺾어준 덕분에 가까스로 피하긴 했으나 적에게 조롱을 당한 듯한 기분이 들어 자존심이 상할 대로 상해 버렸다.

"자, 그럼 이제 본격적으로 해볼까?"

우두둑, 우두둑.

방시혁이 고개를 좌우로 젖히자 굳어 있던 뼈마디가 비명을 질러대었다.

고오오오.

대기가 방시혁을 중심으로 끓어오르기 시작했다. 그의 몸에서 생겨난 막대한 양의 투기는 사람이 만들어내었다고 하기에는 너무도 극강한 것이었다.

"일단 가볍게 시작해 볼까?"

슈아아앙!

방시혁의 기를 가득 머금은 기다란 도신이 내려쳐졌다.

후웅!

도신은 엄청난 풍압을 만들어내며 퍼져 나갔고, 사방으로 먼지가 쓸려 나갔다.

"……"

남궁무혁의 눈은 서서히 차갑게 빛나기 시작했다. 과연 이길 수 있을까? 설마 지는 건 아닐까 하는 불안감이 엄습해 온다. 하지만 그 또한 누구에게도 지지 않는 검객. 남궁무혁이 손을 들어 올리자 검이 빨려들 듯이 그의 손아귀에 쥐여졌다.

먼저 움직인 것은 방시혁이었다.

그가 땅을 박차자마자 남궁무혁의 코앞에 방시혁의 웃는 얼굴이 나타났다. 남궁무혁은 다급히 몸을 뒤로 빼며 검을 휘둘렀다.

까드드득!

엄청난 소음과 기파가 사방으로 퍼져 나갔고, 부서진 기의 조각들이 불꽃처럼 허공에서 산화했다.

까강! 깡! 까가강!

눈에 보이지도 않을 정도로 빠른 공수가 이어지고, 지면이 거칠게 울렸다.

까앙!

둔탁한 소음과 함께 접전을 벌이던 남궁무혁과 방시혁의

몸이 떨어졌다.

"제법이구나! 무혁! 유성도파(流星刀波)!"

밀려났던 방시혁이 지면을 차고 솟구쳐 올라 도를 내려쳤다. 도신에 가득히 몰려 있던 검기의 다발이 사방으로 퍼졌다가 일시에 남궁무혁을 향해 떨어져 내렸다.

콰콰콰콰!

특정한 목표 없이 떨어진 검기의 다발이 남궁무혁이 있던 곳을 중심으로 십여 장을 쑥대밭으로 만들어 버렸다. 흙이 파헤쳐 올라오고, 돌조각이 사방으로 튀어 올랐다.

쉬이익!

충격을 입었을 거라 생각했던 남궁무혁이 도기를 뚫고 올라오며 열십자로 검을 휘둘러왔다.

까강.

"흐흐, 남방 십자검인가? 과연!"

검과 도를 마주 댄 채로 서로를 노려보던 방시혁과 남궁무혁의 힘겨루기가 시작되었다. 조금이라도 밀리는 순간 검과 함께 베어져 나가리라. 남궁무혁은 자신의 공력을 최대한 끌어올렸다.

"흐아아아!"

빠직, 빠직.

강렬한 전격이 그의 검을 타고 흐르기 시작했다.

"이거! 짜릿짜릿하구만!"

방시혁의 입가에 미소가 어린다. 그는 무인. 강자를 만났을 때, 그의 얼굴에 떠오르는 것은 희열이었다.

투캉!

또다시 두 사람이 튕겨 나갔다. 뒤로 물러났던 방시혁이 양손에 도를 마주 잡고 한 번에 벨 듯이 도를 옆구리의 뒤편으로 넘겼다.

웅웅웅.

그의 도신에 기운이 더해지고, 아지랑이와 같은 기운이 어리기 시작했다. 실낱같이 모여든 기가 조금씩 더해지고, 도신을 완전히 둘러싸더니 그 위에 또 다른 검이 만들어졌다. 천지간의 모든 기운을 부술 수 있다는 최강의 기예 강기가 만들어진 것이다.

“패도(敗刀) 참월(斬月)!”

슈아아아.

도가 휘둘러지고, 모여들었던 강기가 반월형으로 변해 남궁무혁을 향해 날아갔다. 그것은 강기를 쏘아내는 탄강의 일종.

“일검파천(一劍波天)!”

찡그려진 인상으로 노려보던 남궁무혁의 검이 반월형의 강기를 향해 직도로 내리그어진다.

파콰콰콰콰!

허공에서 맞부딪친 기운이 서로를 부수며 사방으로 강기

의 조각들이 퍼져 나갔다.

"만천(滿天)!"

슈웅! 슈웅!

사방으로 휘몰아치듯 쏘아낸 도강이 수십 개의 탄강으로 변해 남궁무혁을 공격해 들어갔다.

까강! 깡!

"큭!"

강기의 대결! 하지만 남궁무혁은 아직 강기를 완전히 깨달은 처지가 아니었고, 방시혁의 도강은 흠잡을 곳 없이 완벽했다. 하나 고수의 대결에서 종이 한 장의 차이라도 그 간격은 실로 엄청나다 할 수 있다.

연이어 도강을 튕겨내던 남궁무혁의 검에 조금씩 금이 생겨나기 시작했다. 그것은 검의 강도 때문이 아니라 사용하는 자의 내공이 상대에 미치지 못하기 때문이었다.

"으윽……."

그는 더 이상 칠절도가 아니었다. 진정 도왕(刀王)이라고 불려도 좋을 만큼 강해져 있었다.

빠가가강!

또다시 휘둘러진 도강에 남궁무혁이 쥐었던 검이 부서져 나가고 기가 흩어지기 시작했다. 져버린 것이다.

"쿨럭!"

검이 부서지며 도강의 여파에 남궁무혁이 핏덩이를 토해

내며 뒤로 밀려났다.

가슴을 부여잡은 채 뒤로 털썩 주저앉은 남궁무혁의 손에는 손잡이만 남은 검이 들려 있었다.

"……."

그리고 그의 목에 대어진 차가운 도.

"자네가… 졌군."

어느새 다가온 방시혁은 담담하게 남궁무혁을 내려다보며 말했다.

"제… 제길……."

남궁세가가 자랑하는 최강의 검객이자 중원 검수 중에서도 손에 꼽히던 청풍검객 남궁무혁은 사흑련주와의 결전에서 단 삼십여 초 만에 패하고 말았다.

第六章
명호, 풍룡

무림군자

한낮의 태양이 중천에 올라 추위를 걷어내었다. 따뜻한 햇
살이 내리쬐는 낙양성도는 여느 때와 다름없는 활기찬 모습
이었다.

무명과 모용찬은 때늦은 점심을 먹기 위해 모처럼 성내로
나왔다. 조부의 묘소를 찾아보고 나온 무명의 마음을 풀어주
기 위해 모용찬은 제법 그럴싸한 객점을 찾았다. 이미 식사
시간대에 몰려든 수많은 사람들로 객점 안이 붐비고 있었기
에 무명과 모용찬은 잠시 기다리기로 했다. 역시 이름난 객점
답게 무명과 모용찬말고도 기다리는 자들이 수두룩했다.

그때 두런두런 대화를 나누는 사람들의 목소리가 들렸다.

대여섯 정도의 사람들이었는데 모두가 검을 들고 움직이기 편한 무복을 입은 것을 보니 낭인인 듯했다.

"섬서에서 사흑련과 오가회가 크게 맞부딪쳤다는구만."

"그래, 나도 들었네."

오가회라는 말에 모용찬의 귀가 솔깃한다.

"하여간 지금 난리도 아니라는 게야. 서안에서는 황보세가와 야수문이 맞붙었다는구만."

"그래, 아직 팽팽하게 대치 중이라지?"

"그렇지. 아무리 야수문이라곤 해도 황보세가에는 그가 있으니까."

"철권(鐵拳) 말인가?"

"그래, 황보중강이 그곳에 버티고 있는 모양이야. 잔혹하고 강하기로 소문난 야수문이라고는 해도 그가 이끌고 있는 황보세가의 권사들을 쉽게 이길 수는 없겠지."

"하긴, 황보중강이라면 중원오대권사에 들어가는 인물이 아닌가?"

"음… 맞아. 하지만 곧 결판이 날 모양이야."

"응? 그게 무슨 소린가?"

"그게 말일세, 오가회의 본대가 섬서를 치기 위해서 화음현으로 들어왔는데, 모조리 깨지고 돌아갔다고 하더군."

"뭐라고? 그게 정말인가?"

한 사내가 놀라자 옆에 있던 염소수염의 사내가 핀잔을

준다.

"에잉, 이 사람. 소식이 어둡구만그래."

"그러게 말이야. 칼밥을 먹는다는 자가 어찌 그리 소식에 어두운 겐가."

"그야… 뭐… 여하튼 계속 이야기해 보게."

"그게 말이야, 화음현에 사흑련주가 나타났다는구만."

"뭐? 사흑련주가?"

나지막한 말에 모두가 깜짝 놀란다. 물론 듣고 있던 모용찬도 놀랐다.

"그 칠절도라 불리는 그가 나타났단 말이야?"

"그렇지. 근데 오가회의 본대를 이끌고 있던 이가 누군 줄 아는가?"

"글쎄?"

"바로 청풍검객이었다네."

"뭐야? 청풍검객이라고?"

순간 모용찬의 고개가 홱 돌아갔다. 청풍검객이라면 남궁무혁을 말함이 아닌가? 오랫동안 자신이 우상 중 하나인 최강의 검사들 중 한 명인 것이다. 그가 패했다니? 모용찬은 놀란 얼굴로 성큼 걸음을 걸어 낭인들에게 다가갔다.

"사실입니까?"

"……?"

"……?"

갑작스런 모용찬의 질문에 낭인들이 눈을 동그랗게 뜨고는 모용찬을 위아래로 쳐다보았다. 입고 있는 옷은 낭인과 진배없었는데, 풍기는 기도가 남다르자 조금 위축된 낭인이 고개를 끄덕였다.

"예… 저는 그리 들었습니다만……."

"자세히 말해주시겠습니까?"

"예? 예, 뭐……."

모용찬의 다그침에 조금 기세가 꺾여 버린 그가 눈치를 살피며 말을 이었다.

"오가회의 본대를 이끌고 온 청풍검객이 사흑련주에게 삼십여 초 만에 무릎을 꿇었다고 합니다. 더구나 뒤이어 온 악가장도 마찬가지였고요."

"모용세가는, 모용세가는 어찌 되었습니까?"

"글쎄요. 그 싸움에서 패하고 나서는 삼문협 인근에 모두 모여 있다 들었습니다만……."

"음……!"

"제가 듣기로는 압도적인 차이로 졌다고만……."

"뭐라고!"

"……."

모용찬의 음성이 높아지자 낭인의 어깨가 움츠러들었다.

압도적인 차이라니? 그게 무슨 말인가? 설마 남궁무혁이 힘도 못 써보고 당했단 말인가?

으드득.

모용찬의 얼굴이 잔뜩 일그러졌다.

"어째 그러십니까?"

이상하게 생각한 무명이 다가와 모용찬에게 묻는다.

"아… 아닙니다. 들어가시지요."

가만히 고개를 내저은 모용찬은 말없이 가게 안으로 들어갔고, 영문을 모를 그의 행동에 조금 어리둥절해진 무명이 그 뒤를 따라 들어갔다. 그들의 뒤로 남겨진 낭인들이 조심스럽게 이야기한다.

"그 청풍검객이 졌다니… 무림에 파란이 일겠구만."

"암, 당연하지. 도왕, 아니, 도제의 탄생이라네. 이제껏 잡기로 취급 받아왔던 도법(刀法)이 당당히 중원에 이름이 퍼진 것 아닌가? 우리도 이럴 게 아니라 서둘러 섬서로 가세. 그곳에 가면 우리 같은 허접대기들에게도 무공을 가르쳐 주고 당당히 사흑련의 무인으로 활동하게 해준다 하더구만."

그들의 속삭임에 모용찬의 미간이 더욱 찌푸려진다.

무림에 있어서 도라는 것은 그다지 인정받는 무기가 아니었다. 강호의 황금기라 불렸던 명조가 패망한 이후 도법의 가치는 사라졌다.

실례로 정파 무림에서 도를 사용하는 문파는 그 어디에도 없다. 하찮다 생각했기 때문이다. 모두가 만병지왕이라 불리는 검을 최고로 쳤고, 도를 익히는 자들은 천대받기 일쑤였다. 모용찬 역시도 검법이 병장기술에 있어서는 최강이라는 사실을 자부하는 사람 중 하나가 아닌가. 또한 청풍검객이라면 이미 검에 있어서는 과거 삼황이었던 송학 도장의 뒤를 이을 자라 칭해져 왔고, 어떤 누구도 그 사실을 의심해 본 적이 없었다. 그만큼 그는 강했다. 그런데 그가 삼십 초 만에 무너졌다. 물론 무인 간의 싸움에서 진 것일 뿐이지만, 그의 패배는 오가회의 패배에 앞서 정파 무림의 패배라고 해도 과언이 아니다. 정파 무림이 그토록 지켜온 자존심이 무너진 것이다. 검객이 도객에게 졌다. 그것도 최강자 중 하나라 불리던 검객이 아닌가.

"으음……."

모용찬은 기분이 좋지 않았다.

무명은 그런 모용찬을 따라 의자에 앉으며 그의 표정을 살폈다. 그것이 그렇게도 충격이었을까? 무인으로 살아가자면 패배와 승리는 당연히 따라오는 것이 아닌가? 하긴 어찌 보면 최강의 검객을 꿈꾸는 그에게 있어서 검객의 패배는 충격일 수도 있겠다는 생각이 들었다. 더구나 그 대상이 어중이떠중이가 아니라 인정받을 만한 강자라면.

"일단 식사부터 하시죠? 식겠습니다."

"아, 죄송합니다. 제가 잠시 딴생각을……."

음식이 나오고 무명의 말에 모용찬이 웃으면서 수저를 가져갔다.

"청풍검객이라는 자, 강한가 보죠?"

"예? 무슨……?"

"그 사흑련주와 싸웠다는……."

"예, 강합니다. 제가 이제껏 우상으로 여겨왔을 만큼 강합니다."

"흐흠."

문득 호기심이 생겼다.

"그러면 그 청풍검객을 꺾은 사흑련주라는 사람은 더 대단하겠지요?"

"음… 인정하긴 싫지만… 아마도 그렇겠지요."

"그렇군요."

무명이 가만히 고개를 끄덕거렸다.

와장창!

그때, 객점 안에서 작은 소란이 일었다. 그릇이 가득한 탁자가 부서지며 날카로운 소음성을 내자 객점 안의 시선이 전부 모여들었다. 우람한 덩치에 대충 걸쳐 입은 듯 가슴과 배를 드러낸 털보장한이 씩씩거리고 있질 않은가?

"지금 나에게 뭐라 했나!"

"아니, 제가 무슨 말을 했다고 그러십니까?"

털보장한의 윽박지름에 점소이가 멱살을 잡힌 채로 울상이 되었다.

"나보고 지금 음식 값을 내라고?"

"아니… 그야……."

"이 자식이!"

휙! 우당탕탕!

털보장한은 점소이를 한 손으로 들어 올려 내동댕이 쳐버렸다. 점소이가 바닥을 구르며 탁자와 의자에 부딪치자 객점 안은 아수라장이 되어버렸다.

"또 저 지랄이구만. 쯧쯧."

"그러게 말이야. 자자, 딴 데로 가세. 똥이 무서워서 피하나, 더러워서 피하지?"

털보장한은 낙양성에서도 꽤나 유명한 파락호다. 연일 술을 마시고, 지나가는 사람을 패기 일쑤였고, 상가에 행패를 부려 관에서도 수차례 포박했으나 그때마다 관리를 매수해 풀려났었다. 처음에는 그의 행패에 낙양성의 무인들이 제지하기도 했으나 그의 뒤에 흑사방이 버티고 있다는 사실이 퍼지면서부터는 상인들과 객점주들은 으레 그러려니 하고 넘어가는 실정이었다.

"흠, 말리는 사람이 하나도 없다니……."

무명이 그의 행동에 인상을 찡그렸다.

"주인 나오라고 해! 감히 나에게 돈을 받아? 내 오늘 장사를 아주 못하게 해주지! 어서 주인 나오라고 해!"

"대협, 참으십시오. 어제 들어온 아이라 잘 몰라서 그렇습니다."

부리나케 뛰어온 객점주인이 그에게 굽실거리면서 사죄를 청한다.

"뭐? 어제 들어와? 저놈이 좋았던 내 기분을 다 망쳤어! 그에 대한 배상을 해라."

"예?"

"왜, 싫어?"

"아… 아닙니다. 해드려야지요. 암요."

털보장한이 눈을 부라리자 객점 주인은 연신 허리를 숙이며 굽실거린다.

"……."

그 모습에 무명의 인상이 찡그려졌다. 이상하지 않은가? 음식을 먹었으면 응당 돈을 내는 것이 마땅하며, 잘못은 오히려 기물 파손에 영업 방해를 하고 있는 털보장한에게 있는데 도리어 객점 주인이 사과를 하다니…….

"이보시오."

참다못한 무명이 일어났다.

"응? 뭐냐, 꼬마?"

"보아하니 그쪽이 잘못한 듯한데… 너무하신 게 아닌지?"

"뭐야?"

무명의 말에 털보장한의 표정이 기묘하게 일그러진다. 낙양에서는 처음 보는 놈인 듯한 것이 타지에서 들어와 자신을 잘 모르는 놈인가 보다 여긴 털보장한이 성큼성큼 걸어와서는 무명에게 얼굴을 들이밀고는 눈을 부라린다.

"어디 다시 한 번 말해봐라. 앙!"

"당신이 잘못……."

퍼억!

경쾌할 정도로 힘찬 타격음이 퍼지자 객점 안의 사람들이 눈을 찡그렸다. 분명 털보장한이 또 사람 하나를 잡는구나 라고 생각하며 조심스럽게 눈을 떠서 그들을 바라봤다. 그런데 넘어진 것은 젊은 무인이 아니라 털보장한이었다.

"이런 버러지 같은 놈! 무공을 배워서 힘자랑에만 쓰다니! 부끄럽지도 않은가!"

"……."

움직인 것은 모용찬이었다. 안 그래도 기분이 좋지 않은데 털보장한이 하는 꼴을 보니 꼭지가 돌아버린 것이다. 밑도 끝도 없이 털보장한을 향해 일 권을 지른 모용찬이 씩씩거렸다.

주먹에 실린 힘이 너무도 강했음일까, 털보장한은 코뼈가 내려앉아 피를 철철 흘리면서 쓰러진 채로 일어날 줄 몰랐다.

"저, 저런!"

"큰일이다. 어서, 어서 피하세!"

"야단났구만!"

그런데 사람들의 분위기가 이상하기 그지없다. 오히려 박수는 쳐주지 못할망정 모두 서둘러 자리에서 일어나 객점 밖으로 나가지 않는가?

"저… 무사님?"

"……."

지금의 상황에 조금 어리둥절해 있는 무명과 모용찬을 향해 객점 주인이 조심스럽게 다가왔다.

"도와주신 것은 고마우나, 서둘러 자리를 피하시는 게……."

"응? 그게 무슨 말입니까? 어째서 제가 피한단 말입니까?"

"그것이……."

객점 주인이 난감해하자 무명이 의문이 가득한 얼굴로 묻는다.

"아, 가게 안에서 소동을 피울까 걱정이 되시는군요. 걱정 마십시오. 저 사람은 저희가 데리고 나가겠습니다."

"아니, 그것이 아니라… 더 봉변을 당하기 전에 도망가시는 것이……."

"예?"

무슨 말인가? 도망가라니? 객점 주인의 표정을 보니 진심인 모양이었다.

"괘념치 마세요. 저런 무인들 정도에 당할 실력은 아닙니다."

"그 말이 아니고, 이대로 계시다가는 큰일이 납니다. 저야 늘 당해서 괜찮겠지만, 두 분 무사님은 아마 봐주지 않을지도 모릅니다."

“신경 쓰지 마세요. 저런 놈에게 당할 것이라면 검을 들지도 않았습니다. 어디 파락호 같은 놈이 무인들의 명예를 실추시킨단 말입니까. 제가 다시는 이런 일을 하지 못하도록 혼내줘야겠습니다.”

“무사님…….”

급기야 객점 주인의 얼굴이 울상이 되어버렸다. 그 모습에 무명과 모용찬이 서로의 얼굴을 쳐다보면서 영문을 몰라 한다.

와장창창!

객점 주인의 걱정은 금세 드러났다. 객점 밖에서 때아닌 소란과 웅성거림이 들리지 않는가?

“응?”

모용찬과 무명이 고개를 돌리자 객점 주인의 얼굴이 사색이 되어 파들파들 떨기 시작했다.

“아이구, 이런… 큰일이네. 어서 도망가십시오. 어서요.”

그는 몇 번이나 같은 말을 하고는 뒷문으로 황급히 도망쳐버렸다.

“뭐야, 이 사람들?”

“…….”

잠시 후 객점의 주렴에 시커먼 그림자가 들어섰다.

“어떤 놈이야! 어떤 놈이 내 아우를 건드려! 앙!”

걸걸한 목소리가 객점 안을 쩌렁쩌렁 울린다. 산만 한 덩치에 거대한 철부(鐵斧)를 어깨에 짊어 멘 사내와 한 떼의 무인들이 객점 안으로 들어왔다. 나타난 이들은 하나같이 인상이 험악하기 그지없었다.

"너냐? 내 동생을 이리 만든 게?"

철부를 들고 나타난 사내는 흑사방 낙양부 지부장이자 혈부(血斧), 즉 피 묻은 도끼로 유명한 곽치상이었고, 그 뒤의 거들먹거리는 무인들은 그의 수하였다.

"이 천둥벌거숭이 같은 놈의 새끼들이 감히 내 아우를 건드려? 네놈들, 목이 서너 개는 되는 것이냐?"

고래고래 고함을 지르는 동안에 털보장한이 깨어난다.

"으윽……."

깨어나자마자 엄청난 통증에 양손으로 코를 건드렸다. 하긴 코뼈가 함몰되어 완전히 사라져 버렸으니 고통이 적지는 않을 것이다.

"왜 암 말이 없어! 나 흑룡방 낙양부 지부장 혈부의 동생을 건드린 게 네놈들이냐고 묻고 있잖아! 왜? 무서워서 입이 굳었냐!"

"……."

"……."

무명이 모용찬을 쳐다본다. 흑사방이라는 말이 나오는 순간 모용찬의 얼굴에 분노가 어렸다. 얼마 전 세가를 공격해왔던 그들에 대한 분이 풀리지 않은 탓이다.

“하아… 또 흑사방인가?”

“그렇군요.”

자신을 앞에 두고 한숨을 내쉬는 무명과 모용찬의 모습에 곽치상이 기도 안 찬다는 표정을 지었다. 이 낙양에서 칼밥 먹는 사람 중에 누가 자신을 저리도 우습게 생각한단 말인가?

“하아, 이놈들 봐라? 아주 간이 배 밖에 나왔구만그래. 확 그냥 창자를 끄집어내 줄까?”

듣기에 험악하기 이를 데 없는 욕설이 난무하고, 곽치상이 커다란 손으로 도끼를 휘두르며 위협했다.

“내가 지금 방의 중요한 손님이 오셔서 그냥 넘어가려고 했더니 네놈들은 무슨 일이 있어도 손을 봐줘야겠구나.”

휙. 쿠웅.

곽치상이 비웃으며 자신의 도끼를 던져 놓고는 맨손으로 모용찬과 무명의 앞으로 다가왔다.

“네놈들 따위, 이 어르신 손바닥 한 방이면…….”

“어찌할까요?”

“일단 제가 시작했으니…….”

“…….”

커다란 손을 들어 자랑스럽게(?) 위협하던 곽치상은 상대가 자신을 안중에도 두고 있지 않은 듯이 말하자 정말 어이가 없었다.

“이 자식들이!”

후웅!

곽치상의 손바닥이 커다란 포물선을 그리며 한 발 걸어나간 무명을 향해 떨어진다. 하지만 바람 소리만 일었을 뿐 무명의 머리카락 하나도 건드리지 못했다. 어느새 그의 품 안으로 다가선 무명이 옆구리에 주먹을 붙여둔 채로 나지막이 말했다.

"틈이 많군요."

슈이익! 쩡!

무명의 주먹이 재빠르게 앞으로 뻗어나가 곽치상의 복부를 강타했다.

"……"

마치 바위가 부서지는 듯한 소리에 수많은 사람들이 객점의 창문과 주렴 밖에 몰려들었다.

"어, 어떻게 된 거야?"

"글쎄? 지금 저 청년이 곽치상을 때린 거 아냐?"

"그렇긴 한데……"

사람들이 웅성대었다. 그들이 보기에 순식간에 곽치상의 품으로 파고든 무명이 일 권을 뻗었고, 엄청난 소리가 들렸지만 곽치상은 미동도 하지 않고 서 있질 않은가?

스으윽. 쿵!

멀쩡할 것 같았던 곽치상의 거대한 덩치가 천천히 기울며 바닥에 쓰러졌다. 입에는 게거품이 흐르고, 눈이 뒤집혀 버린 채로 정신을 잃은 것이다.

"저… 저……."

사람들은 너무나 놀라서 경악성조차 내뱉지 못했다. 덩치가 두 배나 차이나는 곽치상을 주먹 한 방으로 무너뜨리다니, 정말 놀랍지 않은가? 도대체 저들이 누구란 말인가?

"네… 네놈들! 조금만 기다려라! 이놈들!"

곽치상이 무너지자 경악한 그의 수하들 중 하나가 부리나케 객점 밖으로 뛰어나갔다. 남아 있는 자들은 너무 놀라 두 눈을 부릅뜨고 입을 떡 벌리고 있었다. 누가 있어서 저 괴물 같은 곽치상을 쓰러뜨릴 줄 알았단 말인가?

"휴우… 저들을 남겨두면, 해악만 끼치겠지요?"

"아무렴. 그렇겠지요. 흑사방이라는 자들 자체가 원래 나쁜 짓만 골라서 하는 불한당 같은 놈들이니까 말입니다."

"그럼 뿌리를 뽑아버려야겠군요?"

"뭐… 그럴 수만 있다면 얼마나 좋겠습니까?"

"알겠습니다. 나중에 또 한 가지 해야 할 일이 생긴 듯하군요."

"설마 흑사방을?"

"예. 해악만 끼치는 불필요한 자들이라면 가만둘 이유가 없는 게지요."

"쉽지 않을 테지만… 뭐, 무명님이시라면……."

무명의 말에 모용찬이 고개를 끄덕이고는 자리로 돌아가

앉아버렸다.

"가만, 저 사람, 어디선가 본 것 같은데?"

"그러게. 듣고 보니 그렇구만."

몰려든 구경꾼들 사이에서 소식통이 빠른 낭인들 중 한 명이 고개를 갸웃거리자 사람들의 시선이 한꺼번에 몰려들었다.

"풍룡(風龍)! 저자, 풍룡이다!"

"뭐! 저자가?"

"정말인가? 그 심양에서 흑사방을 괴멸시켰다는?"

"그래. 확실해! 확실하다구! 나이는 스물이 조금 넘었다고 했고 말이야! 확실히 풍룡이야!"

사람들의 틈에서 웅성거림이 생겨나더니 갑자기 소란스러움으로 번지기 시작했다. 모두가 무명을 보면서 소곤거렸다.

"뭐죠, 풍룡이란 것은?"

"글쎄요? 저도 처음 들어봅니다만, 어째 무명님께 하는 말인 듯합니다만……."

"그런가요?"

사람들의 반응에 무명이 고개를 갸웃거린다. 한데 구경꾼 중 용기있는 자가 쭈뼛거리면서 그들에게 다가왔다.

"저, 혹시 얼마 전 심양 모용세가를 공격한 심양 흑사방을 괴멸시킨 분이 아니신지……?"

"예? 아, 그렇습니다. 한데……."

"역시 풍룡님이 맞군요. 영광입니다. 근래에 중원을 울리
고 계신 풍룡을 직접 뵙게 되다니!"

낭인의 눈에는 선망보다 더 깊은 감정이 떠올라 있었다. 마
치 무명을 만난 것을 일생일대의 영광으로 생각하는 것만 같
았다. 그 모습에 무명이 더욱 의아해하면서 모용찬을 쳐다보
지만, 그는 어깨만 으쓱할 뿐이었다.

풍룡(風龍).

무명과 모용찬은 모르고 있었지만, 그것은 무명에게 붙어
버린 무림명이었다. 발 없는 말이 천 리를 간다고 했던가? 심
양 모용세가와 흑사방의 싸움이 이미 무림 전역이 알 정도로
퍼져 있었다. 무림의 각파들이 세력을 확장하고, 연일 이곳저
곳에서 싸움이 일어나면서부터 사람들은 근래에 이름을 드높
이고 있는 신흥 강자들에게 칭호를 지어주곤 했는데, 화산의
전인이라 불리며 검의 귀재라 불리는 검룡(劍龍), 청해성을
집어삼키며 무림 자체를 뒤흔들어 버린 귀룡(鬼龍), 최근 흑
룡강에서 나타나 대파란을 일으키고 있는 여걸 빙룡(氷龍)에
이어서, 최근 등장해 심양 모용세가를 구하고 흑사방 심양 지
부를 홀로 괴멸시켰다는 풍룡(風龍). 이 네 명을 중원사룡이
라고 칭했다.

그중 무명을 부르는 칭호가 바로 풍룡이다. 또한 사람들은
풍룡에 열광하고 있었다. 검룡, 귀룡, 빙룡은 모두가 특정 세
력을 가진 인물이었으나 풍룡은 단신이라는 점 때문이다. 원

래 무림의 소문은 전해질 때마다 부풀려지게 마련이고, 소문
꾼들이 이야기를 실어 나르면서 풍룡 무명은 마치 전설상의
고수가 되어버린 것이다. 더구나 이렇게 사람들 눈앞에서 혈
부 곽치상을 단 한 방에 잠재웠으니 앞으로 더 큰 소문이 될
터였다.

"역시 풍룡쯤 되니까 흑사방 따위는 우습게 생각하는 거
지."

"암, 당연하지. 풍룡이 불한당 같은 놈들을 무서워할 리가
있겠어? 이제 흑사방도 큰일 났구만그래. 하하!"

"이제 우리 낙양의 소상인들도 모처럼 발 좀 뻗고 자겠군."

"그래, 흑사방 놈들, 매일같이 우리를 괴롭히더니 지들도
좀 당해봐야 해. 암!"

구경꾼들의 얼굴에는 급기야 화색이 돌았다. 하지만 그 와
중에도 상대적으로 안색이 거무죽죽하게 굳어가는 이들이 있
으니 그들은 바로 객점 안에 남겨진 곽치상의 수하들이었다.
풍룡이라니……. 귀가 있어 그들 또한 풍룡에 대한 소문을 들
었다. 그들의 머릿속은 이미 하얗게 지워져 버렸다.

"이게… 무슨……."

무명은 갑작스럽게 뒤바뀐 사람들의 모습에 어리둥절하기
만 했다. 물론 그것은 모용찬도 마찬가지였을 것이다.

"비켜! 이 자식들, 비키라는 말 안 들리나!"

또다시 밖에서 소란이 생겨난다.

"흥, 흑사방 놈들 꺼져라. 여기가 어딘 줄 알고!"

"그래! 어서 꺼지지 못해!"

사람들의 반응이 좀 전과는 판이하게 달라지기 시작했다.
무명이 있다는 사실에 용기가 생긴 모양이었다.

"이곳엔 풍룡님께서 계신다. 이놈들, 어서 사죄해라!"

막 수하의 보고를 받고 달려온 흑사방의 지부장 마랑견 천
일태는 사람들의 행동에 어이가 없었다.

"뭐? 풍룡? 웃기고 있네. 어디, 그놈의 얼굴이나 한번 보
지."

천일태가 사람들의 말을 비웃으면서 커다란 귀두도를 뽑
아 들자 득의양양하던 구경꾼들이 좌우로 싹 갈라져 나갔다.
아무리 흥이 올랐다고 해도 그들은 일반인이었고, 귀두도를
빼어 든 살기 어린 천일태에게 함부로 할 수는 없는 것이 아
니겠는가?

구경꾼들이 옆으로 물러나자 천일태가 입꼬리를 말아 올
리며 객점 안으로 들어섰다. 곽치상이 쓰러져 있고, 그의 수
하들이 얼굴이 사색이 되어 벌벌 떨고 있지 않은가?

"이런 못난 놈들 같으니! 고작 소문 때문에 이렇게 겁을 먹
은 거냐! 앙!"

수하들에게 화를 낸 천일태가 고개를 돌린다.

"오호, 네놈이 그 풍룡이라는 놈이냐?"

"글쎄요… 제가 풍룡인지는 아직……."

"뭐야? 겁먹은 거야? 역시 소문은 부풀려지게 마련이지.
어디서 굴러먹던 놈이 허울 좋은 명성을 얻어서는……. 이 자
식들이 감히 우리 흑룡방을 무시해!"

"딱히 무시한 것은 아닙니다만… 그대들의 행동이 잘못되
었다고……."

"갈! 어디서 나를 가르치려 들어! 앙!"

"……."

"네놈 실력이야 소문을 통해 잘 듣고 있지. 어디, 소문의
진상을 한번 확인해 볼까? 난 원래 소문 따위를 믿는 사람이
아니라서 말이야!"

천일태가 눈을 부라리며 뚜벅뚜벅 걸어 들어온다. 그때 또
다른 이들이 주렴을 걷어 올리며 객점 안으로 들어왔다.

"도대체 이 무슨 난리……."

"아, 삼악귀님들, 송구합니다. 어디서 쓰레기 같은 놈들이
이곳을 어지럽히고 있어서……. 금방 정리할 테니… 조금만
기다리십시오. 엉? 그런데 왜들 표정이……."

"저… 저……."

천일태가 자신의 뒤에 들어오며 불평을 터뜨리던 삼악귀
의 표정이 급살을 맞은 사람처럼 벌벌 떨자 이상한 표정을 지
었다.

"오호라, 당신들, 오랜만이군요? 벌써 풀려난 것인가요?"

"……."

무명이 슬쩍 쳐다보고는 반가운 마음에 손을 흔든다. 그들은 바로 일전에 요녕성에서 무명에게 호되게 당한 삼악귀였다.

"휴우… 당신들은 여전히 못된 짓을 하고 다니는 모양이군요. 더 이상 봐줘서는 안 될 모양입니다."

무명이 그들을 알아보고는 고개를 내저으며 한숨을 내쉬었다. 그 말에 사색이 된 삼악귀가 그 자리에서 무릎을 꿇고는 빌기 시작했다.

"사… 살려주십시오. 귀인이 계신지 모르고 그만…….."

"예?"

지금 이 순간에 상황 파악이 안된 것은 천일태뿐이었다. 흑사방에서도 그 위명이 자자하여 상대할 고수가 많지 않다는 삼악귀가 저런 모습이라니?

"네 이놈! 어서 잘못했다고 빌지 못할까? 네놈이 미친 것이냐!"

삼악귀의 둘째 악부가 벌떡 일어나서는 천일태를 향해 손가락질하면서 고래고래 소리를 지르고,

"용서하십시오. 아직 견문이 짧은 놈이라 귀인을 알아보지 못한 겁니다. 더구나 근래에 풍룡이라 불리시던데… 응당 그래야지요. 암요. 당연합니다."

첫째 귀검악마저 그들의 비위를 맞춰가며 살살거리고 있지 않는가. 설마 소문이 진정 다 사실이었단 말인가? 천일태

의 하늘이 노래졌다.

"자, 일단 잘잘못부터 따져 볼까요?"

무명이 환하게 웃으며 그들을 향해 다가왔고, 천일태의 눈에는 무명의 미소가 흉신악살의 그것처럼 잔혹하고 무섭게 보였다.

"과연! 풍룡이구만!"

"그러게 말일세. 삼악귀라면 중원에서 그 위명이 자자한 자들인데……."

"암, 이제 흑사방 놈들이 중원에서 사라질 날도 머지않은 게야."

그사이에 구경꾼들의 입과 입을 타고 풍룡 무명에 대한 소문은 점점 더 과장되게 더해져서 천 리 길을 멀다 하고 퍼져 나가기 시작했다.

第七章
정무협의 개회

第七章
정무협의 개회

武林
俊傑
무림군자

둥! 둥! 둥!

북소리가 웅장하게 울려 퍼지고, 산자락을 가득히 울린다. 거대한 북을 중심으로 수십여 개의 작은 북이 나란히 늘어서 있고, 구릿빛 상채를 드러낸 채로 북을 치는 사내들의 팔뚝에 힘줄이 돋아 올랐다. 지나는 사람들은 북소리에 호기심이 생기고, 그 웅장한 소리에 금세 인산인해를 이루었다.

호북성(湖北省) 균현(均縣) 무당산의 산자락 아래.

지금 이곳에서는 오랜 세월 동안 정파 무림의 염원이던 거대한 구파의 연합이 만들어지는 무림대회가 열리고 있었다. 이미 장내에는 거대한 단을 중심으로 하여 각 성도에서 모여든 수많은 구파의 속가제자들과 그 수장이 모였고, 그 이름도 드높은 무당, 점창, 아미, 청성, 형산, 소림, 화산의 무인들이 각파의 예복을 입은 채로 각각의 자리를 잡고 앉아 있었다.

이번 무림대회를 주도한 무당파의 장문인 무진자 복혁성은 무당의 검수들을 호위로 두어 조금이라도 불미스러운 사건을 미연에 막고자 사방으로 뛰어다녔기에 몸이 열 개라도 모자란 상황이었다.

"장문인, 준비가 모두 끝났습니다."

"그러냐? 알았다. 이제 곧 미시(未時)가 가까워 오니 모두 준비들 하라 일러라."

"알겠습니다."

각파의 장문인들이 모이기로 한 시간이 미시였고, 그 시간에 모든 행사가 시작된다. 벌써 한 달여를 준비해 온 시간이니 한 치의 오차도 없어야 하는 것이다. 무진자는 원래부터 완벽주의에 가까운 인물. 그는 항상 같은 시간에 일어나 늘 똑같은 일상을 보낸다. 오죽하면 무진자가 해시계보다 훨씬 정확하다는 말이 나돌 정도겠는가? 그 사실을 잘 알고 있는 일대제자 청령은 서둘러 행사장 밖으로 뛰어나갔다.

"자네, 들었는가?"

"무얼?"

"풍룡이라는 자 말일세."

"아, 들었지. 최근에 등장한 신흥 무인이 아닌가. 심양성에서는 제법 볼만했다고 하더군."

"그러게 말이야. 단신으로 모용세가를 구해내고 흑사방을 괴멸시키다니… 나이도 스물 정도라던데… 참 대단한 자일세."

"하지만 아무리 그래도 검룡에는 미치지 못할 것 아닌가? 검룡이 송학 도장의 진전을 이었으니 말이야."

"당연하지. 암. 중원사룡 중에는 의당 검룡이 최고가 아니겠는가? 어디 송학 도장께서 보통 인물인가? 그 무시무시한 마도지존에 천지무황과 어깨를 나란히 하셨던 분이 아닌가? 그런 분의 전인이니… 허허허."

"하여간, 이제 우리 구파의 시대네. 귀룡이 어떠네, 빙룡이 어떠네 해도 모두 개소리지. 누가 있어서 우리 검룡의 이름에 비할 것인가?"

"암, 그렇지."

장내의 분위기는 정마협이라는 초유의 연맹체의 탄생에도 그 초점이 맞추어져 있으나 최근 무림을 뜨겁게 달구고 있는 화산파의 검룡이라는 사내에 대한 궁금증에도 다들 관심이 많았다. 모여 있던 대다수의 속가무인들이 두런두런 주고받는 이야기가 대부분 검룡에 관한 것이었으니까 말이다. 물론 그 모습은 구파의 무인들이라고 해서 예외가 아니었다.

"그나저나 이 친구는 왜 이리 안 오는 게야?"

"그러게 말일세. 올 시간이 지났는데?"

“좀 더 기다려 보세. 상남(商南)에서 오자면 조금 걸릴 수도 있지 않은가? 안 그래도 요즘 섬서성에서 사흑련 놈들과 오가회 놈들의 충돌로 인해서 그쪽 사정이 말이 아니라고 하던데 말이야.”

“하긴……..”

듣고 있던 사내가 고개를 끄덕거렸다.

“아, 저기 오는구만! 이보게! 철상이!”

한 떼의 무인들이 행사장으로 들어오자 한 사내가 일어나 손을 흔들면서 환하게 웃었다. 열명 남짓의 무인과 ‘일진표국’ 이라 쓰인 깃발을 들고 있는 자들이었다.

“아, 거기 있었는가? 한참 찾았네그려.”

“그래, 요즘 장사는 잘 되는가?”

“아이구, 말도 말게. 지금 섬서성 전체가 난리일세, 난리. 황보세가와 야수문이 맞붙어서 싸움이 아주 크게 났지 뭔가? 지금 그 때문에 서안 쪽 상인들은 외부 출입조차 삼가고 있다네.”

“그 정도인가?”

“그럼. 한데 조만간 결판이 날 것 같네. 지금 그 사흑련의 련주가 서안에 들었다고 하니 금방 정리되지 않겠는가? 아무리 철권이라 해도 사흑련주를 버텨낼 재간은 없을 게야.”

“그렇겠지. 여하튼 사흑련이 섬서를 먹게 되면 큰일이겠구만. 자넨 원래 화산의 속가가 아닌가?”

"그러게 말일세. 한데 대충 들어보니 그다지 문제될 것은 없을지도 모르겠더군."

"그게 무슨 소린가?"

"사흑련은 화산에 어떠한 위해도 가하지 않을 모양이야. 내 생각에는 아마도 그들도 우리 검룡 사숙을 신경 쓰는 모양이더군. 더구나 각 상인들에게 공포한 것을 보니 오히려 사흑련이 들어왔으면 하는 사람들도 많은 모양이야."

"그래?"

"암, 월 반 할(0.5%) 정도만 보호세를 내면 웬만한 것은 다 도와준다고 하는데다가, 사흑련의 무관에서 무료로 강습까지 받을 수가 있다고 하더구만. 그뿐 아니라 흑사방 자체를 섬서에서 없애겠다고 하더라고."

"거참, 대단하구만. 그러면 이제까지의 어떤 곳보다 장사하기가 편해지는 것이 아닌가?"

"그렇지."

"참, 그보다 자네, 화산의 속가이니 혹 검룡대협의 존영(얼굴의 높임말)은 뵌 적이 있는가?"

모두의 궁금증은 그것이었다.

"이 사람들, 내가 반가운 것이 아니라 우리 사숙 소식이 반가운 것이었구만!"

일진표국주인 철상이 장난스러운 표정으로 짐짓 화를 내면서 말했다.

“하하, 그럴 리가 있겠는가? 자네도 보고 싶었지. 암, 안 그런가, 모두들?”

“암, 암.”

모두가 고개를 끄덕거리면서 동조하는 모습에 거만하게 팔짱을 끼고 그들을 바라본 철상이 말한다.

“하긴 우리 검룡 사숙이 대단하긴 하지. 한데 사실은 나도 아직 뵌 적이 없다네. 일로검객 한 사형이나 장문 사숙은 가끔 뵙긴 하지만, 원체 신비에 가려져 있어서 말이야.”

“그런가?”

모두들 실망하는 기색이 역력했다. 내심 철상이 화산의 속가라 기대를 했는데 별 소득이 없었던 것이다.

“하지만 내 이번에 오면서 함께 온 우리 화산의 제자가 있으니 그에게 들어보면 되겠구만.”

“그래? 정말인가? 어디에 있는가? 어디에?”

모두가 반색하자 철상이 웃는다.

“아, 이 사람들, 급하기는. 잠깐 기다리시게. 거기 추홀이 있는가?”

“예? 아, 표국주. 저를 부르시는 겁니까?”

“그래, 이 사람아. 어서 이리 와보게나.”

“어쩐 일로……?”

정작 그들이 말하는 검룡이라는 인물인 당사자 미추홀이 쭈뼛거리면서 다가왔다.

"자자, 인사들 하게. 저기 저 산적 같은 놈은 형산파의 속가이자 중현표국주인 미생이, 저기 빼빼 마른 놈은 소림의 속가인 철금표국의 무치라는 사람일세. 그리고 이 친구는 미추홀이라고, 화산의 제자인데 이번에 함께 오게 되었지."

철상의 소개가 끝나자 미추홀이 포권을 하며 인사를 청한다.

"화산의 제자 미추홀이 무림 선배들에게 인사드립니다."

"허, 보기 드물게 예의 바른 젊은일세."

"암, 우리 같은 속가에게 선배라니 말이야."

미추홀의 공손한 인사에 표국주들의 얼굴에 웃음꽃이 피어난다. 그도 그럴 것이, 원래 본 파의 제자들은 속가제자들을 무시하기 일쑤였다. 속가라고 해봐야 몇 수 배운 것에 불과하고, 본 파의 제자라면 정식 제자이니 무공의 높낮이에서도 한참 차이가 난다. 그러다 보니 본 파의 무인들은 속가의 사형이라고 해도 그다지 대우해 주는 법이 없었으니 미추홀의 공대에 그들이 기분이 좋아질 만도 했다.

"역시 화산의 제자들은 다르구만. 맘에 들었네. 언제든지 부탁만 하게. 내 자네에게 소림오권을 가르쳐 줌세."

"암, 나도 형산의 난화검을 가르쳐 주지."

"예, 언제든지 배움을 청하지요. 감사합니다."

서로 간의 인사가 끝나고 웃음소리가 커져 갈 때쯤 중현표국주 미생이 묻는다.

"그보다 자네, 검룡대협을 뵌 적이 있는가?"

"예? 검룡이요?"

"에? 자네도 모르는가?"

"예. 저도 그런 명호는 처음 들어봅니다만… 유명한 인물이신가 보지요?"

"아니, 화산의 제자라면서 검룡대협을 모른단 말인가? 송학 도장의 적전제자이시자 우리 구파의 미래라 불리시는 검룡을 모르다니… 쯧쯧. 자네도 화산의 말단인 게로구만그래."

"에?"

미추홀이 어안이 벙벙한 표정이 되었다. 송학 도장의 적전제자라면 자신밖에 없는 것으로 알고 있는데, 검룡이라는 것은 자신을 두고 하는 말이었던 걸까?

"그러게 말이야. 하긴, 우리에게 공대를 청할 정도니 자네도 아직 화산에 몸담은 지 얼마 되지 않은 것이로구만. 괜찮네, 괜찮아. 금방 성장해서 자네도 이름 높은 화산검수가 되는 날이 있지 않겠는가?"

"예? 예… 그런데… 저 검룡이라는 것은……."

미추홀이 어색하게 웃으면서 자신의 신분을 밝히려 했다.

둥! 둥!

때마침 개회를 울리는 북소리가 들린다.

"소림의 장문인이신 법혜 선사께서 드십니다!"

둥! 둥!

무당파의 무인이 우렁찬 목소리로 외치자 장내에 모여들었던 사람들의 시선이 모두 그를 향했다.

그곳에서는 한 떼의 승려들이 웅혼한 불호를 외우며 들어서고 있었다. 금빛 가사를 걸치고 이마에 선명하게 여섯 개의 계인을 찍은 노승을 선두로 소림사의 사대금강, 그리고, 세 명의 각주가 입장하고 있었다.

"와아아!"

사람들이 함성을 터뜨리자 법혜가 그들을 향해 염화미소를 지어주었다.

"이야, 역시 법혜 선사시네. 언제 봐도 저 미소는 마음이 편안해지게 하는 묘용이 있다니까?"

소림의 속가인 철금표국의 무치가 뿌듯해한다.

"저분은 소림사의 법혜 선사라는 분일세. 명조 때부터 방장의 위를 지키고 계시고, 무림삼황과 동년배인 분이시지. 내가 알기로는 송학 도장, 천지무황과도 막역하시다 들었네."

"암, 그렇지. 이미 세수 팔십여 세에 이르셨지만, 소림에서 현재 달마삼검을 유일하게 익히신 분으로도 유명하지."

미추홀과 함께한 표국주들이 그에게 각파의 수장들이 들어올 때마다 세세하게 설명을 해주고 있었다. 법혜 선사와 소림의 인물들이 단상에 자리하자 뒤이어 또 다른 인물들의 소개가 이어진다.

둥! 둥!

"청성의 장문인 노평님 드십니다."

또다시 웅성거림이 이어진다. 푸른 무복에 군자검을 든 무인들이 한 치의 흐트러짐도 없이 들어왔다. 날카로운 검미가 하늘 높이 솟은 청성 장문인 노평은 대쪽 같은 분위기를 풍기고 있었다.

"저분은 청성의 보배라 불리는 노평 장문인일세. 무림에는 청염군자(靑炎君子)라 불리고 있지. 저분 역시 중원오대검사에 당당히 이름을 올리고 계시다네."

"그렇군요."

미추홀이 고개를 끄덕였다.

이어서 아미파의 복호신니, 점창의 사일검, 형산파위 신화검 등 유명하다는 고수들의 소개가 끝나고 각파의 장문인들이 단상 위에 자리하자 무진자가 단의 중앙으로 나와 모여든 모든 고수들에게 포권을 했다.

"이곳을 찾아주신 모든 분께 감사드립니다. 그동안 정파를 이끌어가던 구파의 무림이 수많은 고초를 겪어 그 세가 약해지고, 마교가 잠잠한 틈을 타 서북 지역의 귀문, 동북의 오가회, 서남의 사흑련 등 수많은 연합 세력들이 득세하여 왔습니다. 하나 무림의 근간이요, 중심은 곧 우리 구파입니다. 또한 우리 구파는 좀 더 발전된 방향으로 가기 위해 이렇게 무림맹이나 다름없는 연합체를 만들기 위해 이 자리에 모였습니다.”

“와아아아아!”

무진자의 개회사가 끝나자 우레와 같은 함성이 터져 나왔다. 모여든 무인들의 수만 해도 당초에 예상했던 일만을 넘어 족히 이만여 명에 가까우니 그 함성 소리만으로도 모여든 사람들의 가슴을 뜨겁게 달궈놓았다.

“이번 무림맹은 무림 수호와 구파의 번영에 기여할 것으로 생각하고, 더욱이 정도 무림의 수호와 협(俠)의 실천을 위해 다음과 같은 이름을 지었습니다.”

말을 마친 무진자가 한곳을 향해 고개를 끄덕이자 무당의 검수들이 하늘로 솟구쳐 올랐다.

“무당십검이다!”

“오오오!”

무려 열 명이나 되는 검객이 일정한 간격을 두고 솟구쳐 오르며 허공에서 차례차례 발검했다. 희뿌연 검기가 순차적으로 쏘아져 나가며 장관을 이룬다.

터엉!

첫 번째 검기가 무당산의 산자락에 세워진 깃대의 상단을 때린다.

펄럭!

깃발을 묶고 있던 줄이 검기에 잘리며 커다란 깃발이 바람에 휘날리며 한 글자를 드러낸다.

무(武).

터엉! 펄럭!

림(林)!

아홉 개의 검기는 순차적으로 깃대를 때렸고, 모두 아홉 개의 깃발이 펄럭이며 그 글귀를 드러내었다.

무림수호정무협현세(武林守護正武俠現世)!

"와아아아!"

모든 글자가 드러나자 장내에 모인 무인들의 함성이 최고조로 달했다. 그 모습에 이번 행사를 준비한 무진자가 흐뭇하게 웃었고, 기대 이상의 반응을 끌어낸 것에 대해 각파의 장문인들이 무진자의 공로를 치하하며 너도나도 포권을 청했다.

"여러분! 이제 구파는 정무협의 이름하에 하나로 뭉칠 것입니다!"

"와와와!"

함성은 무당산을 떠나갈 듯이 울려 퍼진다.

시간이 흐를수록 무림맹의 개회식은 분위기가 무르익어 갔다. 각파에서 준비한 무공을 선보이는가 하면, 준비된 연회의 음식과 술로 왁자지껄해졌다. 무인들은 기예를 겨루고 서로 간의 근황을 묻기도 하며 우의를 돈독하게 만들어갔다.

"그나저나 요즘 사흑련이 자꾸만 세를 확장하고 있다고 하더군요."

“그렇지요.”

각파의 장문인들은 둥근 탁자에 모여앉아서 술과 음식을 먹으며 앞으로 정무협이 나아갈 길을 토론했다. 일대 연맹주는 소림의 법혜 방장이 맡기로 하였고, 군사 직에는 무당파의 장로인 무성 진인이 추대되었다.

“그러고 보니 우리 정파의 자랑인 검룡께서 보이질 않는군요?”

“아, 그렇군요.”

“이보시오, 적 매. 검룡은 어찌 보이질 않는 건지……?”

장문인들의 시선이 화산의 장문인인 적매칠검자 자하랑을 향했다. 모두의 시선이 자신에게로 모이자 조금 뿌듯한 기분이 들었던 자하랑은 헛기침을 하며 대답했다. 무너져 가는 화산이 다시금 이렇게 관심을 받게 된 것은 모두가 그의 덕택이라는 생각에 자부심이 물씬 느껴지는 표정이었다.

“험험, 글쎄요. 사제는 먼저 출발했는데… 이보게, 일로. 어찌 된 것인가?”

뒤로 물러나 있던 일로검객 한청운이 일어나 포권을 하며 대답했다.

“그러게 말입니다. 이미 도착하셨을 시간인데… 기다리십시오. 제가 아이들을 시켜 장내를 한번 찾아보겠습니다.”

“그리하게.”

성큼성큼 단을 내려가는 일로검객의 등 뒤로 각파의 수장들은 부러움의 시선을 보냈다. 송학 도장의 전인이라니, 어찌 부럽지 않을 수가 있겠는가. 이로써 화산은 정무협에서 더욱 중요한 위치에 서게 될 것이 분명했다. 만약 소문대로라면 검룡은 아마도 이곳에 모인 이들 중 가장 강할 것이 아닌가.

"이곳에 모인 무인 대다수가 정무협의 창설에 관심을 가지고 오긴 했지만, 부수적으로 검룡을 한 번이라도 보기 위함이니 그가 없으면 안 되지."

"암요. 송학 어른의 적전이시지 않습니까?"

"저도 궁금합니다. 송학께서 어찌 전인을 키워내셨는지가요. 송학 어르신께서는 우리 구파의 자랑이 아닙니까?"

"부럽습니다, 화산 장문인."

"저도 그렇습니다. 한데 어찌 그 중한 인재를 한 번도 무림에 드러내지 않고 계셨습니까? 제가 듣기로는 송학께서 제자를 들이신 지가 한참 되셨다 하던데……."

"아, 그야 뭐… 허허허. 어찌 무인이 자파의 자랑을 함부로 하겠습니까? 세간에는 검룡이니 뭐니 하며 사제를 드높이지만, 그 또한 우리 화산의 제자에 불과합니다."

"허허, 겸양이 지나치십니다."

"암요. 의당 자랑거리인 것을요."

모두의 칭찬이 오가자 자하랑의 기분은 더욱 좋아졌다. 사실 지금 검룡이라 불리는 자는 송학 도장의 시동에 불과했고, 그가 적전제자라는 사실을 알게 된 것이 불과 한 달 전이라는

말을 할 수는 없지 않겠는가? 자하랑은 어서 빨리 수장들에게
자랑스러운 자신의 제자인 미추홀의 모습을 선보이고 싶을
뿐이었지만 꾹꾹 참고 있는 중이었다.

　수장들이 있는 곳에서 조금 떨어진 곳.
　미추홀은 표국주들과 함께 술을 마시며 이런저런 이야기
를 나누고 있었다.
　"자, 보게. 이것이 소림오권이라네."
　철금표국주 무치가 호권을 선보이며 미추홀에게 자세와
움직임을 가르쳐 주었다.
　"호권은 강함을 추구하지. 이래 봬도 내 손아귀를 받아내
는 사람이 드물 것이네. 암!"
　"과연 강해 보이는군요."
　"어떤가, 나와 한번 대련해 보겠는가?"
　"하하, 아닙니다. 제가 어찌. 후에 기회가 있겠지요."
　"그래? 아쉽구만그래. 어쨌든 후에 꼭 가르쳐 주겠네."
　"예. 말씀만으로도 감사합니다."
　표국주들은 점점 더 이 미추홀이라는 사내가 마음에 들었
다. 겸손하기 이를 데 없고, 분위기를 맞추기 위해 못 마신다
던 술도 이미 거나하게 들이켰지 않는가.
　"허허, 자네 정말 마음에 드는구만. 후에 화산에서 출타하
게 되면 내 자네를 꼭 도와주겠네. 우리 철금표국에 들르시

게나.”

“이봐, 무치. 그는 우리 중현표국에 먼저 오기로 했어! 차례를 지키시게나!”

“허허, 이 사람. 알았네. 그럼 우리 표국에는 후에 오도록 하시게나.”

“이 사람들, 그리도 추홀이가 좋은가? 못 말리겠구만그래. 자, 들게. 기분 좋은 날이 아닌가!”

“암. 추홀이 자네도 들게.”

“예.”

이미 얼굴이 붉게 달아오른 미추홀이었으나 사양하지 않았다. 함께 있는 그들이 마음에 들기도 하였거니와 처음 마셔 보는 술맛이 제법이었기 때문이다.

한참 웃고 떠들며 즐기는 사이에 저쪽에서 누군가 황급히 다가오고 있었다.

“응? 저분은 청운 사형이 아닌가?”

일진표국주 철상이 술잔을 내리며 다가오는 한청운을 알아보고는 반가운 마음에 손을 흔들었다.

“한 사형, 오랜만입니다!”

“아, 일로검객을 뵙습니다.”

표국주들이 저마다 일로검객 한청운을 향해 포권을 하며 허리를 굽혔다. 아무리 철상의 사형이라고는 하나 그는 대화산의 장로의 신분이었고, 일개 표국주인 그와는 실력에서도 무림의 인지도에서도 하늘과 땅 차이였다. 그런데 한청운이 그의 인사를 받는 둥 마는 둥 하며 스쳐 지나가 한쪽 무릎을 꿇고 고개를 숙이지 않는가.

"화산의 제자 한청운이 미추홀 사숙을 뵙습니다."

"에?"

"딸꾹!"

갑작스러운 한청운의 태도에 표국주뿐만이 아니라 주위에 있던 모든 무인들이 깜짝 놀라며 물러났다.

"에… 하하…….."

한청운의 인사를 받은 이는 어색한 웃음으로 뒷머리를 긁적거리는 미추홀이었다.

"사숙, 각파의 장문인께서 기다리고 있습니다. 서둘러 단에 오르시지요."

"아, 저를 찾고 계셨습니까? 이런, 죄송하군요."

"……."

미추홀의 응대에 모두가 어안이 벙벙한 표정을 짓는다.

"재미있었어요, 표국주님들. 후에 제가 꼭 찾아뵙겠습니다."

미추홀이 표국주들을 향해 포권을 하며 인사를 하자 그들은 얼떨결에 마주 인사를 했다.

"설마?"

"……."

“…….”

세 명의 표국주는 어이없는 눈으로 서로를 바라보다가 일로검객과 화산무인들의 호위를 받으며 중앙단으로 향하는 뒷모습을 응시한다.

“검룡?”

“설마…….”

“정말인 거야? 그럼 이제까지……?”

그들은 마치 사고가 천천히 흐르는 것만 같았다. 이제껏 검룡에게 함부로 대한 데다가 무공까지 가르쳐 주겠다고 나섰단 말인가? 구파의 자랑이자 최고수일지도 모르는 검룡에게?

막 검룡이 단에 오르고, 각파의 수장들이 너도 나도 일어나 그를 맞이했다.

“어서 오시게.”

연맹주가 된 법혜가 가장 먼저 합장을 하며 인사했다.

“소림의 법혜 방장을 뵙습니다.”

“응? 시주는 나를 아는가?”

“예. 명조 때부터 방장의 위를 지키고 계시고, 무림삼황과 동년배였던 분으로 달마삼검을 가장 잘 펼치시는 것으로 압니다.”

“…….”

막힘없는 대답에 되레 법혜 선사가 놀라고 만다.

“청성의 보배라 불리시는 노평 장문인이시지요? 말씀 많이 들었습니다. 일간에 청염군자라 불리시더군요. 영광입니다."

"……."

"무당의 무진자께서는……."

미추홀은 법혜 방장을 비롯해 무진자, 청염군자 형산의 신화검, 점창의 사일검, 아미의 복호신니까지 각 장문인들에게 미리 준비한 것처럼 인사를 했다.

자신을 이리도 소상하게 알고 있을 것이라 생각하지 못한 수장들은 도리어 할 말을 잃고 말았다.

"마치 우리를 한번 만난 것처럼 말하시는구만그래?"

"예. 어떤 분이 무림의 영웅들이시라고 소상히 가르쳐 주시더군요."

미추홀이 공손히 대답했다.

"하하, 이거 내가 오늘 화산 장문에게 당했구만그래. 이미 우리에 대해서 전부 소상히 가르쳐 주었나 보구만그래."

"그러게 말입니다. 하하하!"

각파의 수장들이 자하랑의 어깨를 치며 웃자 자하랑이 어색한 미소를 흘리며 미추홀을 바라본다. 그 모습에 미추홀이 싱긋이 웃자 그의 얼굴이 환하게 밝아졌다. 언제 저렇게 준비를 했단 말인가? 자랑스럽기 그지없는 검룡이었다. 앞으로 화산은 그로 인해 더욱 무림에 빛날 것이다.

"자, 앉으시게, 앉아."

법혜 선사의 안내에 따라 모두가 다시금 착석했다. 그때 무진자가 나선다.

"이럴 게 아니라 우리 구파, 아니, 정도 무림의 보배인 검룡을 이곳의 모두에게 소개해야 하지 않겠습니까?"

"암, 잘 생각하셨습니다."

"그렇구말구요."

"그럼 제가 소개하지요."

무진자가 술 한잔을 들이켜고는 자리에서 일어난다.

"모두 들으시오!"

무진자가 왁자지껄한 좌중을 주목시키기 위해 내공을 실어 외치자 금세 좌중이 조용해지며 시선이 몰려들었다.

"오늘 이곳에 귀중한 손님이 오셨습니다. 이미 다들 알고 계시리라 생각합니다. 바로 우리 구파의 자랑이며, 송학 도장의 진전을 이어받으신 적전제자 검룡입니다!"

무진자의 소개로 장내의 모든 시선이 쏠리자 검룡이 못이기는 척 앞으로 나섰다.

"화산의 미추홀입니다. 과분하게도 검룡이라 불리고 있습니다."

"우와와와!"

"검룡! 검룡! 검룡!"

무인들이 연신 환호성과 함께 검룡을 외치기 시작했다. 또 한 번 분위기가 들끓어올랐다. 모두가 조금이라도 가까운 곳에서 그를 보기 위해 단의 가까운 곳으로 몰려들자 한때 소란이 일기도 했고, 장내 호위를 맡은 호위인 무당검수들은 갑작스러운 상황에 어찌할 바를 몰라 했다.

'송학 도장이라…….'

그때 단에서 조금 떨어진 곳에서 바닥에 앉아 술을 마시고 있던 노인이 무표정한 얼굴로 미추홀을 바라봤다. 입고 있는 옷은 넝마와 다름없었고, 대충 묶어 말아 올린 머리는 희끗희끗했다. 어디에서나 볼 수 있는 거지 차림의 노인이었으나 그의 두 눈에서 흘러나오는 정광은 일반인의 것이 아니었다.

"흐흐, 송학이 키운 놈이라 이거지? 좋아, 어디 어떤 놈인지 보도록 하지."

노인이 천천히 일어나 호리병에 담긴 술을 들이켜고 입을 쓰윽 닦았다.

장내에서는 여전히 검룡에 대한 함성이 그칠 줄 몰랐고, 분위기는 더욱 달아올랐다.

"이보게, 나선 김에 이들을 위해서 무공 하나를 선보이시는 게 어떻겠는가?"

"무공이요?"

"그래, 모두가 소문으로만 들었지 자네의 절학이 어떠할지 궁금할 것이네."

무진자가 부추기듯이 말하자 미추홀이 뒤를 돌아 자하랑을 쳐다보았다. 자하랑으로서는 거절할 이유가 없었다.

끄덕.

자하랑의 고개가 끄덕여지자 미추홀이 고민했다. 어떤 것을 해야 할까. 아무래도 자신은 화산의 문하이니 화산의 검을 보여주는 것이 옳을 듯했다.

"그럼 매화십이검을 보이도록 하지요."

"……."

미추홀은 웃으면서 말했지만, 모두가 조금 실망한 듯이 함성 소리가 작아졌다. 매화십이검은 이미 무림에 널리 알려진 검술이었다. 통상 속가의 제자들에게 가르치는 검술이다 보니 식상한 면이 없지 않아 있었다.

"다른 건 없는가?"

무진자가 장내의 분위기를 살피다가 넌지시 묻는다.

"다른 것이라기보다는 아무래도 화산의 대표적인 검술이니……."

"그, 그래? 뭐 좋도록 하시게나."

최상승의 절학이라도 구경할 수 있게 될 줄 알았던 무진자가 입맛을 다시면서 물러났다.

"그럼 제가 검이 없으니 하나 빌려도 될는지요?"

"응? 아, 그리하게. 이것이면 되겠는가?"

무진자가 물러나다가 미추홀의 말에 검을 풀어 내밀려고 했다.

"마침 손쉽게 빌릴 곳이 한곳 있군요."

"응?"

"철상 표국주님, 검을 좀 빌리겠습니다!"

커다란 목소리와 함께 미추홀의 손이 올라간다.

슈아아앙!

그 순간 지명을 당한 철상은 어리둥절하여 일어났다가 기겁을 했다. 그의 허리에 차여 있던 검이 자석에 딸려가듯이 솟아올라 미추홀의 손아귀로 빨려 들어간 것이다.

"허공섭물!"

"저럴 수가!"

그 순간 잠시나마 실망했던 각파의 수장들과 무림인들이 벌떡 일어나며 경악성을 토해냈다.

"좋은 검이네요."

물론 당사자인 미추홀은 별것 아니라는 투였으나 그가 십장이나 넘는 거리에 있는 철상의 검을 빌린(?) 기예는 웬만한 고수들은 흉내조차 낼 수 없는 절기인 허공섭물이 아닌가? 고도의 정신력과 집중력을 필요로 한다는 기예가 마치 그에게는 숨 쉬는 것처럼 너무도 자연스러웠으니 놀랍지 않을 수가 없었다.

꿀꺽.

순간 장내에는 침 삼키는 소리마저 들릴 정도로 고요가 찾아왔다. 이 자리에 모인 어느 누가 저토록 자연스럽게 허공섭물을 펼칠 수가 있단 말인가? 그 단 한 수만으로도 그는 자신의 위치를 입증해 보인 것이다.

“자, 그럼…….”

미추홀이 검을 쓰다듬다가 매화십이검을 펼치기 위해 자세를 취했다. 과연 그는 어떠한 검술을 보여줄 것인가?

“크하하핫! 무공을 선보이는 데 상대가 없어서 되겠는가!”

그 순간 누군가 허공을 평지처럼 내디뎌 단상 위로 날아오며 대갈일성을 질렀다.

“누구냐!”

“멈춰라!”

이제껏 검룡의 신위에 시선을 집중하던 무당검객들이 깜짝 놀라 소리를 질렀다. 이 중요한 순간에 불청객이 끼어들 줄이야 누가 알았겠는가.

턱.

미추홀의 옆으로 떨어져 내린 이는 거지였다.

몰골이 꾀죄죄한 것을 넘어 보기만 해도 역겨운 냄새가 날 정도의 괴인이 아닌가?

“저… 저자는!”

“설마!”

거지노인이 단상에 오르자 각파의 수장들은 미추홀의 허공섭물이 펼쳐졌을 때보다 더욱 놀라고 말았다.

“누구십니까?”

미추홀이 묻는다.

“네 녀석이 송학의 제자인가?”

다짜고짜 하대였다.

"그렇습니다만……."

"크하하하! 좋은 기운이다. 송학 그놈이 제법 귀여운 놈을 두었구나. 노부는 적생이라고 한다."

"적생?"

미추홀은 처음 들어보는 이름에 고개를 갸웃거렸으나 장내는 때아닌 소란을 맞이했고, 장내의 웅성거림은 더욱 커져만 갔다.

각파의 수장들은 그의 등장에 입을 떡하니 벌린 채 놀란 가슴을 진정시키지 못했다.

무당산 정무협의 개회장에 몰려 있던 수많은 무인들의 얼굴이 경악으로 물들었다. 장내는 바늘 하나가 떨어져도 크게 들려올 만큼 고요하다 못해 적막하기까지 했다. 하지만 정작 당사자인 적생의 얼굴은 아무렇지도 않은 표정이었다.

"어떠냐? 한번 해볼 테냐?"

"……."

너무도 당당하게 자신을 밝혀오는 거지노인의 모습에 미추홀은 잠시 할 말을 잃고 있었다.

"아, 죄송합니다."

"카카, 갑작스러웠느냐? 송학의 적전제자라 들었다."

"스승님을 아십니까?"

"글쎄다. 안다면 알고 모른다면 모르는 것이지."

“…….”

적생이라는 거지노인은 알 수 없는 말만 내뱉고 있었다.

“방주!”

멀리서 보고 있던 법혜가 굳어진 얼굴로 그를 불렀다.

“땡중 놈이로구나. 기다리거라. 이 녀석을 만나고 나서 긴 이야기를 나누자꾸나.”

현재 모인 이들 중에 가장 연장자인 소림의 법혜 선사를 마치 어린 동생 대하듯 하는 그의 모습에 미추홀은 조금 이상한 생각이 들었으나 스승을 안다고 하질 않는가?

“어서 결정하거라. 노부와 한번 대결을 펼쳐 보겠느냐?”

“알겠습니다. 말학 후배가 선배님께 배움을 청합니다.”

“크핫핫, 송학이 제법 예를 가르친 모양이로구나. 좋다. 너의 실력은 어떤지 보도록 하자.”

주위가 떠나가라 가슴을 제치며 웃은 적생이 한 팔을 들어 올리면서 미추홀을 향해 자세를 잡아갔다.

“동추수(銅鎚手)라는 것이다.”

휘이익.

적생의 손이 뱀처럼 휘어져 들어온다. ‘거지들이 돈 주을 때 사용하는 수법’의 웃기는 뜻을 가진 무공이지만 그 신묘함은 어떤 문파의 것보다 뛰어났다. 하나 미추홀은 재빨리 뒤로 물러나며 적생의 손을 튕겨낸다.

“요놈, 한 수 재간이 있나 보구나. 어디…….”

자신의 일수를 피해내자 적생의 입가에 미소가 어린다.

휙, 휙, 휙.

적생의 손 움직임이 빨라지기 시작했다. 마치 잔영을 일으키듯이 미추홀을 잡기 위해 애쓰고 있었다. 하지만 미추홀은 피하기만 할 뿐 그다지 반응을 보이지 않았다.

"크크크, 피하기만 할 것이더냐?"

터턱.

"……!"

피했다 생각했던 손아귀가 흔들리듯 잔영을 일으켜 시야를 흐리고는 어느새 그의 멱살을 잡고 있었다.

"크크크……."

적생이 히죽 웃는다.

"누워라!"

휘익! 콰당!

적생은 멱살을 잡은 채로 휘돌려 버렸다. 미추홀의 몸이 허공으로 살짝 뜨는가 싶더니 이내 땅바닥에 처박혔다.

'이…….'

미추홀의 인상이 찡그렸다. 눈 깜짝할 사이에 반응 한 번 못해보고 바닥을 뒹군 것이다.

"그 정도밖에 안 되더냐, 아니면 송학에게 제대로 배우지 못한 것이냐?"

적생이 쓰러진 미추홀을 바라보면서 실망한 기색으로 비

웃는다.

탁, 탁.

옷을 털며 일어난 미추홀은 다시 한 번 정갈하게 옷매무새를 만진다. 그리고 적생을 쳐다본다.

"……."

미추홀의 눈빛에서 흠칫 놀란 적생이 인상을 굳혔다. 다르다. 사람이 어찌 순식간에 기도가 변한단 말인가?

"제가 잠시 결례를 범했습니다, 노사."

"……."

"이번엔 제가 먼저 공격하겠습니다. 화산의 매화십이검입니다."

미추홀의 완전히 바뀌어 버린 기도에 적생이 잠시 할 말을 잃었다. 지금 그에게서 느껴지는 기도가 범상치 않았다. 아지랑이처럼 피어올라 자신을 감싸는 기운은 이제껏 잊고 있었던 투기를 끓어오르게 할 정도로 뛰어난 것이었다.

'허, 이런 기운을 느낀 것이 얼마만이던가? 과연 송학 놈, 고양이새끼를 키우지는 않았구나.'

미추홀의 검에서 느껴진 것은 살기도, 검기도 아니었다. 실체를 정확히 잡을 수 없는 기운이 그의 검에서 스멀스멀 기어나온다. 사도의 무공이나 마도의 무공에서 보이는 음습한 기운이 아닐진대도 그 모양이 꼭 그것들과 비슷하지 않은가? 하나 어느 순간 검에서 느껴지는 기운이 무척이나 청량하다는 사실에 적생이 흠칫 놀란다.

미추홀의 잔잔한 눈을 따라 검이 마치 살아 있는 것처럼 움직였다. 연검도 아닐진대 검이 휘어지는 것이 아닌가? 검신이 마치 살아 있는 것처럼 휘어져 들어오며 물고기처럼 요동치자 허공에 수천 개의 매화꽃이 화려하게 수놓아졌다.

'천 개의 검기…….'

그 광경을 보고 있던 모두는 놀랄 수밖에 없었다. 이것이 과연 매화십이검인가 할 정도로 과분할 정도의 검기로 하늘을 가득 채운 미추홀의 신위는 대적할 수 없는 그 무언가를 보여주는 것만 같았다.

"매화검기. 난화천(亂花天)……."

나지막한 미추홀의 음성을 따라 하늘에 수놓아졌던 검기가 산화하며 떨어져 내린다. 분명 화산이 자랑하는 환검이리라. 그것도 극의에 달한 환검. 하나 적생은 도무지 어디서부터 막아내어야 할지 갈피를 잡지 못했다.

잠시 멈칫한 사이에,

서격.

"……!"

서격. 서격. 서격.

온몸을 매화 검기에 난자당한 적생은 베어져 나가는 소음과 함께 정신을 차렸다. 입고 있던 넝마가 곳곳이 베어져 나갔다.

"……"

베어진 곳을 멀뚱히 바라보던 적생은 또다시 놀랐다. 베어진 곳은 사혈. 칼이 아니라 주먹으로 가격당해도 살아남기 힘들 위치에 그의 검흔이 선명하게 자리하고 있었다. 만약 해치고자 했다면 자신은 이미 죽었을지도 모른다. 등 뒤로 식은땀이 흘러내렸다. 송학의 제자라 하더니 보통내기가 아니지 않는가.

"허허, 큭큭큭, 크하하하!"

갑자기 미친 것일까? 적생이 베어진 자신의 옷을 바라보다가 하늘을 향해 미친 듯이 웃어젖힌다.

"좋아! 좋아! 송학, 그 녀석이 괴물을 만들어내었구나. 진정 네놈은 검룡이구나, 검룡이야! 크하하핫!"

적생의 웃음소리가 장내를 가득 채울 때까지 눈부신 검기의 향연에서 깨어나지 못한 무인들은 여전히 입만 벌리고 있을 뿐이었다.

"법혜!"

"에?"

"네놈들이 만드는 정무협. 내 함께해 주마."

"예?"

그 말에 법혜가 퍼득 정신을 차린다. 그가 말한 것의 의미는 엄청난 파장을 불러올 것이다. 그가 함께하겠다는 것은 그만큼 놀라운 일인 것이다. 자신이 알기로 그의 신분은 보통의 것이 아니다. 입고 있는 옷이 넝마라 하여, 행색이 초라하다 하여 이 중원 무림에 있어서 누가 감히 그를 함부로 대할 수가 있을 것인가?

법혜가 무어라 말하기도 전에 적생의 외침이 장내를 채운다.

"듣거라! 나 적생은 앞으로 송학의 전인인 미추홀, 그대와 함께할 것이다!"

그의 외침에 웅성거림보다 먼저 사방에서 그 수를 예측하기도 힘든 이들이 솟구쳐 오르며 일제히 함성을 질러대었다.

"무림일방, 개방숭의(丐房崇義)!"

헤아릴 수조차 없을 만큼 많은 거지들이 장내로 뛰어들었다. 고금 이래 '의(義)'라는 단 하나의 방칙만을 지키며 살아온, 무림에서 가장 정의롭고 자유로운 존재들이자 그 수만도 일만에 달한다는 개방의 무인들. 정의와 협의를 숭상하며 지켜온 그들은 이제껏 단 한 번도 불의와 타협하거나 어떤 누구와도 함께하지 않으며 그 명성을 지켜왔다. 청조가 들어선 이후 그 자취를 완전히 감추어 버렸던 그들이 다시 세상에 나타난 것이다. 그들이 바로 개방. 그리고 눈앞에 있는 적생이야말로 세수 일백여 세에 달한 전대의 고수이며, 무림 삼황조차도 한 수 접어주는 배분을 가진 일만개방도의 지배자 개왕(丐王)이었다.

개방의 거지들과 함께 뛰어나와 단 위에 오른 여섯 명의 늙은 거지. 그들은 바로 개방의 주축이라 할 수 있는 총순찰 취개 기성하와 오대장로였다.

"다시 인사하지. 나는 개방주 적생이라고 한다. 네놈이 어디까지 커가는지 그 옆에서 지켜주마. 또한 네놈이 의(義)를 저버리지 않는다면, 나는 항상 네놈의 든든한 힘이 되어줄 것이다."

적생의 말은 장내에 모인 모두를 놀라게 할 만큼 파격적인 것이었다. 흔히 청조 이전의 사람들은 개방을 구파에 넣지 않았다. 그것은 격이 떨어지기 때문이 아니다. 그들은 항상 홀로 존재해 왔다. 유일하게 마도와 맞먹을 수 있는 거대한 정파의 세력. 그들이 바로 개방인 것이다. 한데 그들이 다시 세상에 나온 첫걸음을 정무협과 함께하고자 하는 것이다.

"와아아아!"

검대한 함성이 터져 나온다.

무당의 산자락에서 시작된 초유의 정도무림연맹인 정무협이 그렇게 웅대한 첫 발걸음을 시작하고 있었다.

第八章

무극(武極)을 좇다

武林君子
무림군자

1

　세간의 이목은 무당산으로 돌려졌다.

　개방이 함께하고, 검룡이 드디어 세상에 그 모습을 드러내었다는 사실만으로도 강호의 분위기가 들썩거리기 시작했다. 그렇게 무림의 또 다른 수레바퀴가 돌아가는 동안 낙양성을 떠나온 무명과 모용찬은 삼문협 근처를 지나고 이었다.

　"휴우… 스승님은 어디로 가신 겐지……."

　무림에 나온 김에 조부의 묘에 들렀던 무명은 아련히 스승이 떠올랐다.

　"스승님이 있으셨습니까?"

　"예. 제게는 조부님과 같은 분이시지요. 어디론가 훌쩍 떠나시고는 연락조차 되지 않아서……."

"……."

과연 그의 스승이라는 자는 어떠한 자일까? 모용찬은 여러 번 생각을 해보았다. 아마 괴물일지도 모른다. 일단 무명만 보아도 괴물인데 스승이라는 자는 오죽할 것인가?

"참, 곧 삼문협이군요."

"예."

"이곳에 형님이 있다고 했던가요?"

"예. 아마도 지난번에 사흑련에 패하고 진을 구축하고 계실 겁니다."

"어차피 가는 길이니 들러서 가도록 하지요."

"저야 괜찮지만……."

"저도 괜찮습니다. 형님이 계신데 만나지 아니 해서야 되겠습니까?"

"……."

하북성의 삼문협이 시작되는 지점인 민지현(珉池縣)에 도착한 무명과 모용찬은 오가회의 무인들을 쉽게 찾을 수 있었다. 자그마한 현에 무려 삼백여 명이나 되는 무인들이 갈 곳은 없었다. 곳곳에 무인들이 쳐놓은 천막이 널려 있었다.

모용찬은 진의 입구를 지키고 있는 무사에게 모용세가의 패를 보이고서 그 안으로 들어갈 수 있었다. 처음 청풍검객과 함께 떠났을 때와는 달리 무척이나 침체된 분위기였고, 무인들은 특별히 하는 일 없이 빈둥거리고 있었다. 그들에게도 청풍검객의 패배는 충격이었던 모양이다.

모용찬은 무명과 함께 오가회의 수장들이 묵고 있다는 천막을 찾았다. 자신의 형인 모용성을 만나기 위함이다.

“아니, 너는 찬이가 아니냐?”

“아, 악 형님.”

막 천막 밖으로 나오던 악리평이 모용찬을 알아보고는 반갑게 다가왔다.

“오랜만입니다.”

“그래, 오랜만이구나. 형을 만나러 온 것이냐?”

“예.”

“음… 가문의 일은 들었다. 흑사방 놈들이 미치지 않고서야……. 하여간 잘 이겨내었다니 다행 아니냐? 그래, 어르신께서는 잘 계시고?”

“예, 여전히 정정하십니다.”

“그래. 자, 어서 들어가 보거라. 네 형은 청풍검객님과 함께 안에 있다.”

“예, 악 형님. 그럼 조금 후에 뵙겠습니다.”

모용찬은 고개를 숙여 감사를 전하고 천막 안으로 들어가자 무명도 악리평에게 인사를 했다. 물론 누군지 알 리 없는 악리평이 그 인사를 제대로 받았을 리 만무했지만.

"이 자식들, 어째 이리 기운이 없어!"

악리평이 대충 쭈그려 앉은 무인들을 향해 소리를 지른다.

천막 안으로 들어가자 서너 명의 무인이 지도를 펴놓고 무언가를 고심하듯이 의논하고 있었다. 지도의 내용이 삼문협과 섬서성에 대한 것인 걸 보니 아마도 다음 공격을 위해서 준비하고 있는 모양이다.

제일 상석에 청풍검객 남궁무혁을 위시해 악리평, 모용성이 앉아 있고, 그 옆으로 각 세가의 무인들이 심각한 표정으로 듣고 있었다. 모용찬은 심각한 분위기에 차마 인사를 못하고 한쪽 구석으로 가서 섰다.

"일단 황보세가의 무인들부터 구해야 합니다."

"음……."

"놈들은 지금 철마방에 진을 치고 있습니다."

"하나 정면대결은 어렵다. 방시혁과 그의 호위인 사황대가 이미 와 있고 야수문까지 있는 실정이니 현재의 전력으로 부딪쳐서는 피해가 막심하다."

"……."

방시혁에게 패하고 자존심이 많이 상한 청풍검객이었으나 무림에 이름난 명사답게 후배들에게 크게 내색하지 않았다.

"방시혁과 상대해 본 결과 그는 더 이상 과거의 칠절도가 아니다. 이미 그는 도의 끝을 본 것처럼 느껴졌다. 안타깝지만 더 이상 나의 이름으로는 그들에게 위협이 되지 못한다."

"……."

"……."

청풍검객의 담담한 말에 모두가 아무 말도 하지 못했다.

원래 고수일수록 자신의 패배를 인정하지 못하는 경우가 많다. 더욱이 자신보다 아래라 생각했던 자에게 패배한 고수들이 화병으로 검을 꺾어버리는 경우가 허다했다. 하지만 청풍검객 남궁무혁은 자신의 패배를 인정하고 있지 않은가.

'과연, 모용찬의 말대로 뛰어난 자로구나.'

한쪽에서 지켜보고 있던 무명이 작은 미소를 띠었다.

"그래도 황보세가의 무인들과 제갈세가의 여식을 구하는 것을 늦추어서는 안 된다. 그들은 오가회의 사람이다. 어떻게 하든지 더 이상 고초를 겪어서는 안 되겠지."

"음……."

모두가 아는 사실이지만 방법이 없음을 어찌한단 말인가?

"그럴 바에는 섬서를 넘겨주는 것이 어떻겠습니까? 어차피 다시 찾아올 수는 있지 않겠습니까?"

모용성이 말했다.

"그래야 할지도 모르지. 하지만 섬서를 넘겨주게 되면 그들은 분명 얼마가지 않아 산서와 하남을 노리게 된다."

"알고 있습니다. 하지만 지금은 물러나는 것도 좋은 생각이 아닐는지요?"

"……."

“……..”

맞는 말이다. 지금 섬서를 다시 도모한다는 것은 어려운 일이 아닌가?

“알겠다. 일단 회에 전언을 보내도록 하지. 아직은 수하 무인들에게 전하지 말도록 해라. 회에서 다음 명이 내려올 때까지 우리는 이곳을 사수하며 사흑련의 움직임을 살펴야겠다.”

“알겠습니다.”

“후우, 그럼 모두 돌아가 쉬도록 하지.”

“예.”

이윽고 회의가 끝났다. 만족스러운 결과는 아니었지만, 달리 방도가 없는 상황에서 무엇을 더 바란단 말인가. 모두의 말이 끝나기를 기다린 모용찬이 앞으로 나서며 인사를 했다.

“모용가의 차남 찬이 회의 여러 선배님들을 뵙습니다.”

“어?”

그제야 모용성이 자신의 동생을 알아보고는 말을 건네었다.

“찬이 네가 어쩐 일이냐?”

“아, 예. 지나는 길에 들렀습니다.”

“네가 모용찬이구나. 네 형에게 이야기는 많이 들었다. 검을 익힌다지?”

청풍검객이 얼굴에 웃음을 띠고 다가와 모용찬의 어깨를 잡아주었다.

"후배 청풍검객을 뵙습니다."

자신의 우상이기도 한 청풍검객이 어깨를 잡아주니 모용
찬은 얼굴에 급화색을 띠었다.

"오냐, 일전에 소식은 들었다. 흑사방 놈들로 인해 고초가
많았다 하더구나. 의인이 있어서 잘 해결되었으니 다행이
다."

"감사합니다."

모용찬은 몸 둘 바를 몰라 했다. 어찌 기쁘지 않을까?

"그런데 정말 어쩐 일이냐? 네가 아무 일 없이 이곳을 지날
이유도 없고… 아버님의 전언이라도 가져온 게냐?"

갑자기 나타난 모용찬이 모용성은 반갑기도 했지만, 그 이
유가 궁금해서 고개를 갸웃거렸다.

"참, 사실은 소개해 드릴 분이 있습니다."

"소개?"

"예. 저기… 무명님, 이리 오시지요."

"무명?"

모용찬의 손짓에 무명이 웃으며 앞으로 나섰다. 모용성이
어디선가 많이 보았다는 생각을 하며 그를 유심히 바라보다
가는 깜짝 놀랐다.

"다… 당신은!"

"응? 왜 그러는가?"

모용성이 갑자기 기겁한 듯이 놀라자 청풍검객이 이상하

게 여긴다. 그런데 모용성이 갑자기 무릎을 꿇고는 극공경의 예를 표하지 않는가?

"의인을 뵙습니다. 가문을 구해주신 은혜, 각골난망입니다. 일전에 제대로 인사하지 못한 점을 용서하십시오."

"아, 아닙니다. 이런이런, 일어나세요."

세가를 떠나기 전 모용찬을 구해주었다던 무명. 처음에는 그냥 이름이 알려지지 않은 무인이라고 생각했던 그가 듣도 보도 못한 힘으로 가문을 구해내었다 들었다. 어찌 감사하지 않을 수가 있을까?

"가문을 구해주었다?"

갑작스러운 모용성의 말을 곱씹던 청풍검객 또한 깜짝 놀란다. 모용세가를 구했다면, 눈앞의 그가 바로 세간을 떠들썩하게 하고 있는 풍룡이라는 자가 아닌가?

"풍룡?"

"푸, 풍룡이다."

"정말 풍룡이란 말이야?"

"생각보다 너무도 젊구만."

천막 안에 모여 있던 무인들이 웅성거리면서 소곤거렸다. 그 분위기에 그만 머쓱해져 버린 무명이 뒷머리를 긁적거렸다.

"이거, 내가 오늘 무림의 영웅을 보게 되는군. 반갑네. 남궁가의 남궁무혁이라 하네."

“예, 높으신 존함은 많이 들었습니다. 무명입니다.”

인사해 오는 청풍검객을 향해 무명이 마주 포권을 했다.

“자, 자, 이리 앉으시게. 귀한 손님이 오셨는데 대접을 하지 않아서야 쓰나? 누가 여기 차라도 좀 내어오시게.”

“옙!”

청풍검객의 손에 이끌려 자리에 앉은 무명의 주위로 무인들이 너도 나도 몰려들었다. 모용세가에서 보여준 신위는 이미 무림 전역에 퍼져 있었다.

‘한 수로 흑사방 수백을 꿇렸다’ 라는, 다소 과장된 소문이었지만, 새로운 영웅의 탄생은 항상 무인들의 가슴을 뜨겁게 달구는 법이었다.

청풍검객으로서는 지금 이 순간 무명의 방문이 어찌 보면 너무도 다행스럽기까지 했다. 아직 그의 실력을 완전히 본 적이 없으니 소문을 전부 믿을 수는 없었지만, 혹여 그가 지금 도와주기라도 한다면 다시 섬서를 공략해 보는 것도 좋을 것이라는 생각이 든다.

“저는 무의 끝을 좇기는 하나 세력의 다툼에는 관심이 없습니다.”

“……”

밑도 끝도 없는 말이어서 모두가 고개를 갸웃거렸지만, 남궁무혁은 속마음을 들킨 듯하여 얼굴이 살짝 붉어졌다.

“하하, 눈치채었는가? 미안하네. 내 잠시 쓸데없는 생각을 했네."

"별말씀을……."

잠시 후 차가 내어오고 주위의 관심을 가득 받은 채 담소가 이어졌다. 이미 오가회의 진형에는 풍룡이 찾아왔다는 소문에 모두가 들떠 있었다.

그들의 생각으로는 풍룡은 마치 오가회의 인물인 양 생각되었다. 당금 무림에서 가장 유명한 인물이라면 단연 중원사룡이 그 핵심이었다. 정파에서 검룡이 나오고, 마도와 대치한 귀룡, 길림성 일대의 빙룡은 오래전 신비의 문파 현음빙궁의 후손이라는 말이 나돌고 있었다. 한데 풍룡이 모용세가를 구하며 등장했으니 그런 억측도 무리는 아니었다.

"그보다 좀 전에 무의 끝을 좇는다는 것은 무극(武極)을 말함인가?"

"예, 그렇습니다만……."

"흠……."

남궁무혁이 고개를 끄덕거린다. 언젠가 분명 무극을 좇는 자에 대해서 들어본 적이 있는 기억이 있다.

"무극이라……. 지금의 세상에서는 참 이상적인 이야기일세."

"……."

"과거에는 그런 자들이 많았지. 오로지 무에 뜻을 두고 정진하는 자들 말일세. 그중 가장 뛰어나셨던 분이 계셨지. 아마도 고금을 통틀어 그분을 뛰어넘는 분은 없지 않을까 하는 생각이 드네. 어찌 보면 자네와 비슷할지도 모르겠네. 그 어떤 세력에도 속하지 않으면서도 심지어 마도의 인물들까지 그분을 존경하지 않는 자가 없으니.”

“하하, 과찬이십니다. 한데 말씀하시는 분의 함자가……?”

무명이 혹시나 하는 말에 되묻는다.

“그분은 이름보다는 천지무황으로 불렸다네.”

남궁무혁의 입에서 천지무황이라는 말이 나오자 모두가 수긍하듯이 고개를 끄덕거렸다. 과연 자신의 생각이 맞았음이다. 천지무황은 분명 스승의 무림명이라 들었다. 무명은 흐뭇한 기분이 들었다. 자신의 스승은 뭇 사람들에게 이리도 많은 존경을 받았단 말인가?

“지금은 무극을 좇는 자들이 많이 사라져 버렸지. 나도 한때는 무극의 이름을 좇은 적이 있었네. 검 하나를 들고, 검으로 이룰 수 있는 모든 것을 꿈꾸던 때가 있었지. 한데 나이가 들수록 차츰 시들어가더란 말일세. 세력에 속해 있고, 가문이 있으니 어쩔 수 없이 내 주변을 생각할 수밖에 없더군. 어찌 보면 하나에 매진할 수 있는 자네가 부럽구만.”

“별말씀을… 이미 길을 아시지 않습니까?”

“길이라……. 글쎄… 사람들은 나를 검의 끝을 볼 것이라 믿고 따르지. 지금 자네와 함께 있는 이 자리의 무인들도 마찬가지일 것이네. 나 또한 자만심에 빠져 있던 적도 있었네만 얼마 전에 사흑련주와의 싸움에서 깨달았네. 이미 나는 무극에서는 한참이나 멀어져 있다는 것을 말이야.”

“…….”

“특히나 지금의 무림에서는 무극을 좇기는 더더욱 어렵다네. 사패, 오패로 나누어져 서로의 세력 불리기에만 급급한 실정인데, 누가 있어 모든 것을 버리고 무극을 좇을 수가 있단 말인가?”

“그렇습니까?”

“아마도 그럴 것이네. 어찌 되었든 무극을 좇던 한 사람으로서 자네가 꼭 원하는 바를 이루기를 바라네.”

“감사합니다.”

“허허. 자, 들게.”

남궁무혁은 조금 회한이 드는 듯이 씁쓸하게 웃었다.

“충고 하나를 해도 되겠는가?”

“경청하겠습니다.”

“음모와 술수에 대해서 배워두게.”

“예?”

“물론 자네를 보아서는 누구와도 척을 질 것으로는 보이지 않네만, 자네에게서 느껴지는 기도는 너무도 순수하네. 마치 새하얀 백지와 같은 느낌이야. 하지만 무림이라는 곳은 그리 만만한 곳이 아니라네. 자신의 이익을 위해서라면 부모와 자식의 정마저도 단절할 수 있는 곳이 바로 무림이라네.”

“음, 명심하겠습니다.”

“좋은 자세일세. 자, 밤도 깊어오는데 이럴 게 아니라 우리 술이라도 한잔하세.”

“아······.”

“응? 왜 그러나?”

“그것이······.”

무명이 조금 난색을 표하자 남궁무혁이 고개를 갸웃거리다가 히죽 웃었다.

“설마 자네 술을 못하는 겐가?”

“그건 아니지만, 잘 마시지 못해서······.”

“뭐? 크하하하! 무림을 울리고 있는 풍룡이 술을 제대로 못해서야 쓰겠는가? 자, 누가 술을 가져오너라! 오늘은 모두 즐겁게 마시라 하고!”

2

간밤의 술로 오후 늦게서야 깨어난 무명은 깨질 듯이 아파오는 두통을 참으며 모용찬과 오가회의 진형을 떠났다. 무명은 과거의 기억을 더듬어 일향촌에도 들러볼 생각으로 삼문협에서 기련산이 있는 감숙성으로 방향을 잡았다.

“괜찮으십니까?”

“아? 예. 머리가 깨어질 듯이 아프군요.”

“하하, 그러실 겝니다. 청풍검객께서는 검뿐 아니라 주당으로도 유명하신 분이지요.”

“어쩐지. 정말 많이 드시더군요.”

무명은 모용찬이 만들어준 물수건을 이마에 얹어두고는 웃었다.

“한데, 무명님의 내공이시라면 그냥 주정을 배출하시면 고통이 덜하실 터인데…….”

“내공으로요?”

“예. 저희 아버님만 하여도 가끔 술을 드시고는 그 다음날 주정을 배출해 내어버리시는데…….”

“아, 그런 방법도 있으시군요?”

“그럼요. 아마 청풍검객께서도 같은 방법을 사용하셨을 겁니다.”

“그렇군요. 어쩐지 지난밤에 그리 많이 드시고도 아침에는 멀쩡하시더라니…….”

“그러고 보면 무명님은 참 이상하십니다.”

“뭐가요?”

“그때 저희 세가에서 보여주신 힘은 정말 놀라울 정도였습니다. 어디서도 그러한 강력한 무공이 있다는 생각조차 해보질 못했거든요. 마치 세상이 무명님을 중심으로 돌아가는 듯했습니다. 그만한 풍압을 일으킬 내공을 가지신 분인데 평소에는 마치 평범한 사람과 똑같지 않습니까? 내공이 극한에 다

다르면 안광부터가 달라진다고 들었습니다. 기세도 그렇구
요. 한데 무명님은 그냥 일반인 같으십니다. 하긴 반박귀진이
라는 경지가 있다고 하니, 어쩌면 극한에 이르러 반박귀진을
경험하신 걸지도 모르지만… 어쨌든 지난 한 달 넘게 제가 본
무명님은 마치 무공을 익히지 않은 사람처럼 행동하시더군
요. 그 먼 길에 경공술은 사용하지도 않으실뿐더러 힘든 일을
하실 때에도 내공은 전혀 사용하지 않으시는 듯하니까요. 지
금도 그 숙취의 고통을 참고 계시니……."

"하하."

모용찬의 말에 무명이 웃었다.

모용찬의 말은 반은 맞고 반은 틀렸다. 쓸데없이 무공을 사
용하는 자체도 그다지 원하는 바가 아니기도 했지만, 무명에
게는 내공이라는 것은 존재하지도 않았다. 그러니 내공으로
주정을 빼낸다든지 하는 것은 애초에 불가능한 것이었다.

자신의 무공은 단지 바람의 기운을 읽어내고 그 기운을 빌
어서 사용하는 것. 모용세가에서 검을 들고 흑립인의 무공을
따라 한 것은 선천적으로 그의 오성이 발달해 있기 때문이었
다. 무언가를 보고 깨닫고 파악하는 것은 일반인, 아니, 무인
의 수십 배에 달할 정도로 뛰어난 자신이었다. 그의 스승인
장영조차도 혀를 내두를 정도였으니까.

하지만 모든 초식을 읽어내고 따라 할 수 있다 하여 그들이
가진 내공의 힘을 이길 수는 없다. 그것은 무명이 깨달은 바

람의 힘을 적절히 이용한 것뿐이다. 그렇기에 육체의 힘을 뛰어넘어 더욱 빠르게 움직이고, 더욱 빠르게 검을 휘두를 수 있는 것이다.

흑립인이나 낙양 흑사방 지부의 곽치상이라는 자와 싸워서 이길 수 있었던 것, 그들의 공격을 미리 예측해서 피해낼 수 있었던 것은 미리 그들의 움직임에서 바람의 흐름을 느꼈기 때문이다.

아무리 빠른 공격이라 할지라도 온 세상을 둘러싼 대기는 그들의 움직임에 반응한다. 또한 어떠한 무형의 내공이라 할지라도 대기의 흐름을 만들어낸다. 자신은 그 대기의 움직임에 맞추어 피하기만 하는 되는 것이었다.

무명의 힘은 그런 면에서는 이미 최강의 경지에 이르렀다고 해도 과언이 아니다. 하지만 만약 그가 독에 중독된다면? 바람의 힘을 제외하고는 그는 일반인과 전혀 다를 바가 없었으니까.

"모용 공자."

"예?"

"혹시 서안에 들러보지 않겠습니까?"

"예에? 서안이라구요?"

모용찬이 깜짝 놀란다.

"예."

"……."

서안이라니? 서안에는 철마방이 있다. 아니, 이제는 사흑련이 있었다. 모용성에게 듣기로는 그곳에 청풍검객을 이긴 사흑련주도 있다고 하고, 그 이름도 무시무시한 야수문도 있다고 하지 않았던가?

"하, 하지만 그곳은 적진입니다만……."

"그렇겠지요."

"……?"

저토록 담담한 이유는 무엇이란 말인가? 자신은 모용가의 차남이다. 만약에 서안에 들어갔다가 그 사실을 들키기라도 하는 날에는 무수히 많은 공격을 받게 될 것이다. 더구나 무명은 이미 모용세가를 도왔다고 무림 전역에 소문이 자자하게 퍼져 있다. 아마도 사흑련은 그가 오가회와 관련이 있다 여길 것이니 그에게 사흑련이 위해를 가하지 않을 리 없었다.

꿀꺽.

진심일까, 아니면 생각이 없는 것일까? 아니면, 사흑련을 마주하고도 이길 수 있다는 자신감일까?

"가보아야겠습니다."

"무명님!"

"예?"

"안 됩니다. 절대로 안 돼요. 적진입니다. 무슨 일을 당할지 모른단 말입니다."

"제가 본 남궁 대협은 그리 약한 사람이 아니었습니다. 어쩌면 검의 극한을 보기 바로 전일지도 모르지요. 그런 남궁 대협을 꺾은 사람이라면 이미 무극에 대한 실마리를 본 것일 수도 있습니다. 보고 싶군요, 그가 깨달은 무극을."

"……."

모용찬은 할 말을 잃어버렸다.

이미 결심을 한 듯한 얼굴이지 않은가? 마음 같아서는 절대로 따라가고 싶지 않았다. 그냥 혼자 갔다 오라고 하고 싶은 심정이다. 하나 만약 그가 없으면 자신이 무림에 나온 이유가 없어지지 않는가.

'젠장… 망했네.'

*　　　　*　　　　*

"감축드립니다."

"감축드립니다, 련주."

"하하하! 됐네, 됐어. 그게 어디 나 혼자서 한 일인가? 모두의 덕분이지. 혹 칭찬을 하려거든 모두 군사에게 하시게. 이 모든 것이 군사의 공이 아닌가?"

"과찬이십니다."

서안에 위치한 거대한 장원.

현판에 '철마방'이라 쓰여진 그곳에서는 대낮부터 거나하게 술판이 벌어지고 있었다. 거대한 뜰에 마련된 연회장에는 철마방주를 비롯하여 기존 섬서의 패권을 쥐고 있던 인물들이 둘러앉아 기분 좋게 술을 마시고 있었고, 그 중심에는 화음현에서 청풍검객 남궁무혁과 악가의 무사들을 홀로 깨어버린 사흑련주가 앉아 있었다.

야수문과 황보세가의 끈질겼던 싸움은 사흑련주가 끼어들면서 순식간에 끝나 버렸고, 오가회 본가 무사들이 패했다는 소식을 접한 철권 황보중강은 싸움을 포기해 버렸다. 이미 섬서가 그들의 수중에 떨어진 마당에 굳이 무의미한 투쟁을 계속해 보아야 피해를 보는 것은 황보세가 쪽이었으니까.

결국 철마방은 사흑련에 흡수되었고, 그 역사적인 순간을 즐기기 위해 이렇게 연회가 준비된 것이었다.

"들으셨습니까?"

독서생의 옆자리에 앉아 있던 밀원주가 나지막이 말을 꺼냈다.

"무엇을 말입니까?"

"정무협이 만들어졌습니다. 아마도 첫 연맹주는 소림의 법혜 선사가 맡은 모양입니다."

"음, 예상했던 일입니다. 어차피 그들도 지금 상황에서는 구파가 각기 떨어져 있을 수는 없을 것이겠죠."

"한데, 그곳에 검룡이 나타났다고 합니다."

"검룡이라면?"

"예. 화산에서 배출한 최강의 검객이지요. 선대의 삼황이

셨던 송학 도장의 전인이라 하여 모습을 드러내기 이전부터 화제가 되었던 인물입니다."

"들은 적이 있죠. 귀문의 귀룡, 화산의 검룡, 서북방의 빙룡. 근래에는 심양에서 풍룡이라는 인물까지 나와서 사람들이 중원사룡이라고 부른다지요?"

"예, 그렇습니다. 아마도 지금 이 강호에서 가장 세인들의 입에 많이 오르내리는 이들이 아닐까 합니다."

"그렇겠지요. 무림은 원래부터 강자를 좋아했으니까요."

"그보다 더 놀라운 사실이 있습니다."

"응?"

"개방이 나타났습니다."

"……!"

밀원주의 말에 독서생이 벌떡 일어났다.

"……?"

모두의 시선이 독서생에게로 집중되었다.

"어이, 군사? 왜 그래? 무슨 일이라도 있는 게야?"

"아, 아닙니다. 죄송합니다."

사흑련주 방시혁의 물음에 멋쩍게 웃은 독서생이 다시금 자리에 앉았다.

"자세히 말해보시죠."

"무당산 정무협 개회식에 개방의 방주 적생이 나타났습니다. 타구진의 정예라 불리는 그 팔백걸개도 함께였습니다."

“으음······.”

인상을 굳힌 독서생을 향해 밀원주가 낮게 소곤거렸다.

“그 자리에는 총순찰 기성하와 오대장로도 함께였다고 합니다.”

“취개······.”

“그렇습니다. 적생이 그곳에서 앞으로 정무협에 참가할 의사를 밝혔다고 합니다.”

“그렇군요.”

독서생의 안색은 더욱 딱딱하게 굳어만 갔다. 예상하지 못했던 일이다. 갑자기 개방이라니? 근 십여 년을 잠적했던 그들이 어째서 갑자기 세상에 나선단 말인가? 화산에서 검룡이 등장했다는 사실이나 나머지 중원사룡이 무림에 등장한 것과는 차원이 다른 문제였다.

개방이 정무협과 함께한다면 그것은 그들이 가진 막강한 정보력을 등에 업는 것과 같다. 구파로만 만들어졌을 때의 정무협은 단지 힘이 조금 강해진 늙은 호랑이에 불과하다. 하지만 개방이라는 정보력을 얻게 된다면 호랑이의 등에 날개가 달리는 격이 아닌가.

이제껏 규모가 작은 사흑련이 서남 지역의 패자로 군림하며 오가회와 구파를 위협할 수 있었던 것은 사흑련주 방시혁의 존재나 수없이 많은 사파의 무인들 때문이 아니다.

사파의 무인 중 뛰어난 자는 극히 드물다. 개중에 방시혁이라는 걸출한 인물이 있기도 하지만, 칠 할 이상이 낭인들이고 삼류로 치부되는 무인에 불과하다. 그런 그들이 오가희와 싸울 수 있었던 것은 밀원이 가진 정보력과 자신의 지혜 때문이다. 그렇기 때문에 그는 제갈가의 뛰어난 기재 '제갈선하'를 납치하여 구금한 것이 아닌가?

하나 개방이 정무협에 속한다면 무수히 많은 문제점이 생겨난다. 그 수가 일만 이상에 달한다는 개방도의 눈을 속일 수 있는 방법은 손에 꼽을 정도로 적을 것이다. 그렇게 되면 지금까지 자신이 계획했던 모든 것을 수정해야 할지도 모른다.

"……."

독서생이 아랫입술을 지그시 깨물었다.

'개방이라……. 뜻하지 않은 순간에 개방이 등장하다니…….'

좌중의 화기애애한 분위기와는 달리 독서생의 마음은 무겁기만 했다.

"이보게, 군사. 어찌 그리 앉아 있는가? 이리 오시게. 이 모든 게 자네의 머리로 이루어낸 것이 아닌가?"

방시혁이 너털웃음을 터뜨리면서 술을 권해왔다.

언젠가 자신을 만나 무림을 뒤흔들어 볼 생각이 없느냐 물었다. 자신이 도와주겠노라 했다. 처음에는 고작 낙척한 문사로만 보았던 그의 말을 무시했던 자신이다. 한데 지금에 와서

보니 모든 것이 그가 말한 대로 이루어지고 있지 않은가? 세
상을 떠돌며 어깨너머로 무공을 배우고, 신분이 미천해 무시
당하기 일쑤였던 자신이 중원무림계의 한 축을 담당한 사흑
련의 수장이 될 것이라고는 한 번도 생각해 본 적이 없지 않
은가?

"죄송합니다, 련주. 몸이 좋지 않습니다."

"……!"

독서생이 굳은 안색으로 일어나자 금세 좌중이 조용해졌
다.

"아니, 어째서? 괜찮은가? 그러고 보니 안색이 좋지 않구만
그래? 어디 아픈 겐가?"

방시혁이 걱정스럽게 물었다.

"괜찮습니다. 조금 쉬면 나아질 듯합니다."

"그래? 천 대주!"

"예, 련주!"

"군사를 모셔라. 의원을 부르도록 하고."

"예, 알겠습니다!"

독서생이 몸이 좋지 않다 하자 잠시 상념에 잠겼던 방시혁
이 부산을 떨었다.

"아, 걱정할 정도는 아닙니다, 련주님. 잠시 머리가 아파
서… 조금 쉬면 괜찮아질 듯합니다. 괘념치 마십시오."

"그, 그래? 알겠네. 이쪽은 신경 쓰지 말고 들어가서 쉬도

록 하게.”

“예, 그럼. 철마방주님 이하 모든 분께 죄송합니다.”

“아, 아닐세. 들어가시게나.”

독서생은 포권을 하고 몸을 돌렸고, 그 뒤를 밀원주와 사황대주 천하성이 따랐다. 독서생은 머리가 복잡했다. 개방의 등장. 과연 어떻게 풀어가야 할 것인가? 섬서를 취한 후에 형산파를 노리려 했는데 모든 것을 바꾸어야만 했다. 이렇게 되면 앞으로 정무협의 행보를 지켜볼 필요가 있었다. 분명 그들은 오가회와 자웅을 겨루려 할 것이다. 섬서의 화산파는 이미 자신의 머릿속에 두었던 것이지만, 낙양의 소림에서의 입지가 어떻게 될지는 장담할 수가 없었기 때문이다.

“후우, 어렵군, 어려워.”

*   *   *

“이, 이곳입니다.”

“그렇군요. 철마방이라 했으니……. 더구나 저렇게 대문을 활짝 열고 흉흉한 기세의 무사들이 있는 걸 보니 확실하군요.”

“……”

막 철마방의 입구에 당도한 무명과 모용찬은 서안에 당도해 철마방을 찾았다. 지나오면서 낭인무인들이 두런두런 주

고반은 이야기에서 사흑련의 무인들이 철마방에 있다는 말에
바로 오게 된 것이다. 모용찬은 혹여나 누군가 자신을 알아볼
까 봐서 머리를 움츠리고는 사람들의 시선을 애써 피했다. 다
행히 아무도 관심을 가지지 않았지만, 막상 철마방에 도착하
니 심장이 터질 듯이 두근거렸다.

"멈춰라!"

눈매가 날카로운 무인이 무명과 모용찬을 막아섰다. 그는
찡그린 눈으로 모용찬과 무명의 위아래를 쳐다보았다. 무인
으로 보이기는 하나 낭인무사는 아닌 듯하고, 그렇다고 해서
입고 있는 옷이 어떤 문파의 무인으로 보이지도 않았다.

"누구냐?"

그가 대뜸 물어본다.

"사흑련주님를 만나러 왔습니다."

"……."

기도 차지 않는다. 무슨, 사흑련주가 만나고자 하면 만날
수 있는 사람도 아닌데다가 지금 같은 시기에 어중이떠중이
를 함부로 들여보낼 수는 없는 일이 아닌가? 차라리 사파의
삼류 낭인무사라면 들어가서 술이나 한잔하고 가라 할 수 있
는 일이었다.

"허참, 별 웃긴 놈을 다 보겠군. 꺼져라."

"……."

냉대였다. 하나 무명은 아무렇지도 않게 웃으면서 다시 한

번 말했다. 반드시 청풍검객을 꺾었다는 자를 보고 싶었기 때문이다.

"사흑련주 방시혁님을 만나러 왔습니다."

"이런, 싸가지없는 놈이 있나. 우리 련주님 이름이 동네 개 이름이냐! 어따 대고 감히!"

"안 계신가요?"

"꺼져! 모처럼 섬서를 점령해서 기분 좋은 날이라 봐주는 거야!"

무사는 눈알을 부라리며 무명을 위협했고, 모용찬은 그런 무인들의 모습에 좌불안석이었다. 꺼지랄 때 그냥 '예, 죄송합니다' 하고 대답하고는 몸을 돌리고 싶었다.

"사흑련주께 말을 전해주시오, 잠깐 만나보고 싶다고. 어려운 일도 아니질 않습니까?"

무명이 재차 말을 꺼냈지만, 돌아오는 것은 코웃음뿐이었다.

"허, 이놈들 보게. 안 꺼져? 별 거지 같은 놈들이 와서는!"

급기야 그들이 칼을 꺼내 들며 호통을 쳤다.

"무슨 일이냐!"

막 머리를 식히기 위해 돌아가던 독서생이 정문 쪽의 소란을 보고는 천천히 다가왔다. 함께 있던 천하성이 정문으로 다가와서는 위사에게 묻고는 무명과 모용찬을 쓸어보았다.

"웬 자들인가?"

“소생은 무명이라 합니다.”

“무명?”

천하성이 이름을 듣고는 고개를 갸웃거리다가 묻는다. 분명 어디선가 들어본 적이 있는 이름인데 잘 기억이 나질 않는다.

“이 친구는 모용찬이라고 합니다.”

“컥!”

친절하게도 자신을 소개해 주는 무명으로 인해 모용찬은 하마터면 심장이 튀어나올 뻔했다. 그렇게 당당하게 이름을 밝히다니……. ‘모용찬’ 이라는 이름을 듣고 그가 모용세가의 자제임을 모를 사람은 아무도 없었다. 모용찬의 눈이 좌우로 빠르게 돌아갔다. 저절로 마른침이 넘어간다.

“모용세가의 자제인가?”

컥, 모용세가의 자제인가? 모용세가의 자제인가? 모용세가의 자제인가? 천하성의 목소리가 머릿속을 가득 채우며 맴돈다. 조금 자존심이 상해도 ‘아닙니다’ 라고 말해야 했다. 잘못하다가는 적지에서 개죽음을…….

“그렇습니다.”

“……”

모용세가의 자제라니……. 모용찬의 얼굴이 사색이 되어 버렸다. 저렇게 당당하게 인정해 버리다니, 무명은 자신을 죽일 셈인가? 자신을 넘기는 조건으로 사흑련주를 만나볼 생각이었단 말인가? 별의별 생각이 다 들었다.

천하성이 고개를 갸웃거린다. 모용세가는 오가회에 소속된 곳이 아닌가? 지금 섬서에서 오가회와 사흑련의 다툼을 모를 리 없을 텐데……. 천하성은 적지에 홀로, 아니, 단둘이서 찾아온 것을 이상하게 여기고 모용찬의 뒤를 이리저리 살펴보았으나 그들을 따라온 자는 없었다.

"웃기는 놈이군. 며칠 전 이곳에서 오가회와 우리가 접전을 벌인 것을 모르는가?"

"알고 있소."

"……"

멍청하거나 생각이 없는 놈일까? 저렇게 당당하게 말하는 것을 보니 도리어 천하성이 어이가 없었다.

"모용세가에서 어쩐 일입니까? 혹 인질에 대한 사신의 자격으로 오신 것입니까?"

천하성이 멀뚱거리는 동안 다가온 독서생이 차분하게 물었다. 밀원주의 말로는 그들을 따르는 무리가 없는 것을 보니 습격은 아닌 듯한데 무슨 일인지가 무척이나 궁금했다.

"아닙니다. 저희는 단지 사흑련주님을 만나고 싶을 뿐입니다."

"우리 련주님은 왜 만나시려는 겁니까?"

"그가 청풍검객을 꺾었다 들었습니다. 무인의 한 사람으로 위명이 자자한 그의 도법을 견식하고 싶어 이리 찾아왔습니다."

"……."

일순간 모두가 말을 잃어버렸다. 그리고 그들의 머릿속에 공통적으로 든 생각은 바로 '미친놈' 이거나 '상황 판단이 안 되는 놈' 이었다.

막 천하성이 어이없다 생각하며 쫓아버리려는데 독서생이 무언가 미심쩍은 듯이 고개를 갸웃거리면서 물어왔다.

"혹 그대의 이름이 어찌 됩니까?"

"무명입니다."

"무명이라……. 혹 전에 어디선가 만난 적이 있던가요?"

"글쎄요. 저도 낯이 익기는 합니다만… 귀하를 만난 기억 은 없군요."

"저도 무명이라는 이름은 처음 들어봅니다만, 무척 낯이 익군요."

"그렇습니까?"

"후우, 아닙니다. 신경 쓰지 마시고 들어가 보시죠. 아마 련주님은 아직 연회 중이실 테니……."

신경을 너무 많이 쓴 탓이라 생각한 독서생이 고개를 저었 다.

"군사!"

천하성이 쉽게 허락해 버리는 것에 대해 무언가 말하려고 했으나 금세 독서생에게 제지당했다.

“들어가라 하세요. 적의가 없어 보이니 큰 문제는 생기지 않을 것 같군요. 검객으로 최강이라 불리던 사람 중 하나인 청풍검객을 쓰러뜨렸으니 보고 싶겠지요. 그렇죠?”

“옳은 말씀입니다.”

“천 대주.”

“예, 군사.”

“련주께 안내해 주세요. 찾아온 객을 함부로 내쳐서야 우리 체면이 서질 않지요. 혹여 그가 무슨 딴마음을 품는다 해도 어찌할 수 있을 것 같지는 않으니까요.”

“음… 알겠습니다. 그리 하명하신다면…….”

천하성은 마음에 들지 않았지만 독서생의 말이니 따를 수밖에 없었다.

“자, 그럼.”

독서생이 무명과 모용찬에게 고개를 숙여 인사를 하고는 정문 밖으로 나갔고, 그 뒤를 밀원주와 사황대의 무인들이 뒤따랐다.

“따라오라.”

천하성이 짧게 말하고는 장원 안으로 들어갔고, 무명이 그 뒤를 따랐다. 무명이 걸음을 옮기다가 잠시 고개를 돌려 독서생이라는 자의 뒷모습을 쳐다보았다. 그의 말처럼 왠지 언젠가 만난 적이 있는 것 같은 기분이 들었다. 어디였을까? 분명 자신이 생각하기에도 낯이 익는데…….

“무명님, 괜찮을까요?”

“아, 예. 괜찮을 것입니다.”

자신의 이름을 밝혔을 때만 해도 하늘이 노래지는 기분을 경험한 모용찬은 사방의 눈치를 살피면서 무명에게 묻는다. 자신은 심장이 터질 것만 같았고, 적지라는 긴장감에 입이 마르고 온몸에 식은땀이 흐르는데 아무렇지도 않아 보이는 무명은 도대체 어떤 강심장을 가진 자인지 궁금하기까지 했다.

한창 분위기가 무르익어 연회장에 모여 있던 무인들의 얼굴은 금세 취기로 달아올라 있었다. 한껏 흥이 오른 무인들은 커다랗게 원을 만들고는 각자의 무위를 선보이기도 했고, 철마방주가 부른 무희들이 춤판을 벌였다.

“련주님.”

막 다가온 천하성이 방시혁의 귓가에 속삭였다.

“응?”

“손님이 찾아왔습니다.”

“손님? 안으로 들여라.”

“알겠습니다.”

허락을 득한 천하성이 눈짓하자 그들의 수하들이 모용찬과 무명을 연회장의 중앙으로 데리고 나왔다. 약간 취기가 오른 눈으로 방시혁이 관심을 보이며 물었다.

“그래, 어디서 오신 누구신가? 나와 안면은 없는 듯한데 말이야.”

의외로 젊은 청년무인들이 들어오자 방시혁이 고개를 갸웃거렸다.

“소생은 무명이라 합니다. 이 친구는 모용세가의 차남 모용찬이지요.

“……!”

포권을 하며 말하는 무명의 모습에 일순간 장내에 차가운 정적이 흘렀다. 음악 소리가 멈추고 왁자지껄하던 사흑련의 무인들이 모용찬을 향해 시선이 집중되었다. 모용세가라 하지 않는가? 모용찬에게 있어서 지금 이곳 철마방은 적지나 다름없다. 더구나 접전이 끝난 지 얼마 되지도 않았는데 저렇듯 당당하게 찾아온 것에 모두가 약간은 당황한 것이다. 일부 무인들은 만일의 사태에 대비해서 조용히 검을 뽑기도 했고, 자신의 무구를 손에 잡아갔다. 모용찬으로서도 애써 참고 있었지만, 온몸이 벌벌 떨려왔다. 맹세코 이런 두려움은 처음 있는 일이었다. 수백여 마리의 짐승 떼에 둘러싸인 기분이랄까?

“호오?”

사흑련주는 그다지 별스러울 것 없다는 표정으로 턱을 괸 채로 무명을 쳐다본다. 당돌하다 못해 우스운 놈이 아닌가?

“보아하니, 오가회의 특사 신분으로 온 것 같지도 않고… 그래, 어째서 나를 찾아온 것이지?”

“궁금했기 때문이지요.”

“궁금했다?”

“그렇소. 그대가 꺾은 청풍검객은 중원을 주유하는 최강의 검객 중 한 사람. 그를 꺾은 당신의 도법을 견식하고 싶습니다.”

“호오? 나의 도법을 견식하고 싶다?”

“그렇습니다.”

흥미로운 놈이다. 간이 배 밖에 나오지 않고서야 어찌 적지에 들어와서 적의 수장에게 대련을 청한단 말인가?

“재미있는 녀석이군. 그래, 자신은 있는가? 아직 어린 것 같은데? 몸집도 왜소하고 말이야.”

“나이로 검을 말하지는 않지요. 또한 황소는 제 몸의 반밖에 되지 않는 범에게도 사냥을 당하는 법입니다.”

당당하기만 한 무명의 말에 방시혁이 말을 멈추고 그를 바라본다.

“크하하하! 마음에 드는 놈이군! 하성!”

“예, 련주!”

“혈아(血牙)를 가져와라.”

“……!”

혈아는 검신만도 두 자 반에 이르며, 완만하게 휘어진 방시혁의 애도를 지칭하는 이름이었다. 설마하니 정말로 방시혁이 오가회의 새파란 애송이와 대련을 해줄 줄은 상상도 못한

하성이 잠시 우물쭈물하다가 대답한다.

"아, 알겠습니다."

방시혁이 연회석의 탁자를 물리고 앞으로 나서며 모용찬과 무명의 앞에 와 섰다. 그들의 주위로 사흑련의 난다 긴다 하는 무사들이 모용찬과 무명을 매섭게 쳐다보며 둘러싸 진을 쳤다.

천하성으로부터 자신의 애도를 건네받은 방시혁이 허리에 늘어지게 매었다. 사흑련과 철마방의 무인들은 야릇한 긴장감에 침을 삼켰다. 사실 방시혁의 무공을 견식할 수 있는 기회는 사흑련 내에서도 좀처럼 흔하지 않았다. 그들 역시 청풍검객을 꺾었다는 그의 도법을 견식할 수 있는 좋은 기회가 아닌가? 물론 그 도법의 상대가 오가회 측의 무인이라는 것이 무척이나 마음에 들지는 않았지만 말이다.

"이곳은 좋은 자리네. 자축하는 곳이기도 하고 말이야. 피를 봐서 분위기를 흐릴 필요는 없지 않겠는가?"

"동감입니다. 저는 단지 당신의 경지만 견식하고 싶을 뿐입니다."

"좋아, 좋아. 볼수록 마음에 드는군."

그 말인즉슨 순수한 도법과 기예로만 비무를 하겠다는 의미였다. 몸 안에 내재된 내공을 사용하지 않은 초식의 겨룸. 즉, 누가 더 자신의 무공에 대한 이해도와 활용도가 높은가를 결정짓는 것이다. 내공의 고하라고 하면 원래 내공이 없는 무명이 방시혁을 따를 수는 없다. 그 사실은 무명이 잘 알고 있었고.

"그럼 관례대로 삼 초를 양보하겠네."

"사양하지 않겠습니다. 모용 공자, 검을 빌려주시겠습니까?"

"예? 예……."

무명과 달리 긴장한 기색이 역력한 모용찬은 벌벌 떨리는 손으로 검을 끌러 무명에게 전해주었다. 진짜로 할 모양이다. 놀랍지 않은가? 자신은 시선을 어디에 두어야 할지도 모를 판에 저리도 당당하다니……. 하지만 사실 자신도 보고 싶었다. 자신이 존경해 온 청풍검객을 꺾은 검이다. 그 도법을 견식하는 것만으로도 무한한 영광이 아닌가?

모용찬이 뒤로 물러나자 무명은 방시혁을 노려보면서 검에 손을 가져갔다.

"……."

커 보인다. 단지 팔짱을 끼고 있을 뿐인데도 방시혁의 몸이 무척이나 커 보인다는 것은 착각이었을까? 더구나 그의 몸에서 알 수 없는 기운과 함께 허점이 보이지를 않았다. 과연 강자라는 것인가? 사흑련주 방시혁 정도 된다면 마주한 것만으로도 이런 존재감을 느끼게 할 수가 있단 말인가.

꿀꺽.

둘을 바라보고 있던 모용찬의 목울대로 침이 넘어갔다.

"무엇 하는가? 어서 양보한 삼 초를 보여주어야 하지 않겠는가? 나는 기대가 크다네."

"흐흠."

무명이 담담한 표정으로 방시혁을 바라본다. 그리고는 앞발이 지면을 끌듯이 미끄러져 나가며 그의 검이 무척이나 자연스럽게 뻗어져 나왔다.

스슷!

깡!

예상외의 발검에 방시혁이 급히 도갑을 들어 막았다.

"……."

바람과 같은 검술이 아닌가? 무명의 검은 청량한 바람을 싣고 쾌속하게 뻗어 나왔고, 의외의 빠름에 미처 도를 뽑아내지 못한 방시혁은 도갑째로 막은 것이다.

슈슛!

튕겨 나간 검이 유려한 궤적을 만들며 휘어져 들어온다.

깡!

방시혁은 재빨리 몸을 물리면서 검을 튕겨내고는 무명의 궤적에서 벗어났다. 도와 검이 맞부딪친 충격이 작은 떨림을 만들며 손을 통해 전해져 왔다. 놀라운 검술이었다. 일전에 마주한 청풍검객보다 어쩌면 더욱 강해 보였다.

'이런 자가 오가회에 있었던가?'

재빨리 뛰어올라 방시혁과의 거리를 좁힌 무명의 검이 방시혁의 머리를 내리찍는다.

깡! 까강! 까강!

바람의 기운이 실린 무명의 검이 눈에 보이지도 않을 속도로 공격해 들어오자 방시혁은 공격을 막아내기에 급급했다.

"……."

일순간 대기의 흐름이 뒤바뀐다.

막대한 압력이 밀려 나옴을 느낀 무명이 재빨리 공격을 멈추고 지면에 내려앉으며 몸을 물렸다.

'이놈? 설마 나의 공격을?'

방시혁은 갑자기 물러나는 무명의 모습에 눈썹을 꿈틀거렸다. 하지만 공격을 멈출 수는 없었다. 이미 발도가 시작되었기 때문이다.

가가가각!

도갑을 쓸며 기분 나쁜 소리가 울려 퍼지고, 초고속의 발도술에 의해 도신에 옅은 불꽃이 어렸다.

쩡!

"크윽!"

물러나다 도격을 얻어맞은 무명이 훌쩍 튕겨 나가면서 공중재비를 돌아 바닥에 착지했다. 한 손으로 검면을 지탱하며 막아내었지만, 손아귀 깊숙이 검날이 눌려 피가 흘러나왔다.

"……."

분명 흐름을 느꼈고, 그의 공격권 내에서 피했다 생각했는데, 방시혁의 발도는 예상보다 한 자나 더 뻗어 나오는 것이 아닌가? 만약 찰나의 순간에 검으로 막지 않았다면 허리가 베였을 것이다.

"과연, 보통내기는 아니군. 하나 약속한 삼 초가 지나갔네."

방시혁이 모용찬을 쓸어보면서 어깨에 도를 걸쳐 메었다.

"후우……."

피가 흐르는 손을 말아 쥐고 검극을 곧추세운 채 무명은 방시혁을 멍하니 쳐다본다. 청풍검객을 쓰러뜨렸다더니 과연 그의 도는 엄청난 힘을 지니고 있었다. 도격에 실린 힘이 검을 쥔 어깨를 시큰거리게 할 정도였으니 만약 그의 도에 내공이 더해졌다면 지금쯤 몸이 두 동강 나 있을 것이다.

"처음 보는 검법이군."

"풍검이라고 합니다."

"흐흠… 풍검이라……. 무척이나 잘 어울리는 이름을 가졌군. 하긴 자네의 공격은 바람과 같다는 생각이 들었지."

"과찬입니다. 련주께서야말로 엄청난 도법을 지니셨군요."

"하하하, 글쎄……."

이제 막 약속한 삼 초가 끝나고 공격해 올 줄 알았던 방시혁이 도를 집어넣었다.

"……."

그 모습을 무명이 의아하게 쳐다봤다.

"왜 그러나? 무인 간의 겨룸에 있어서 삼 초면 충분하지 않은가? 서로가 목숨을 빼앗는 전투를 펼치는 것이 아니네. 또한 자네의 검술로는 나를 이기지 못해. 그 사실은 자네 스스로 더욱 잘 알지 않는가?"

"……!"

맞는 말이다.

자신의 세 번의 공격, 그리고 방시혁이 펼친 단 한 번의 발도. 그것만으로 충분했다. 자신의 패배, 그리고 손에 닿을 수 없을 정도로 높은 곳에 있는 방시혁의 경지.

"멋진 분이시군요?"

무명이 환하게 웃는다. 진정으로 감탄한 것이다. 그의 도법에 감탄한 것도 있었지만, 방시혁이라는 무인에게 감탄한 것이다. 어쩌면 자신이 꿈꾸는 무극의 경지에 있는 사람인 것 같은 착각마저 들었다.

"크하하, 자네… 독특한 사람이구만."

"그렇습니까?"

"모처럼 재미있는 친구를 만났군. 크하하하!"

방시혁은 무명의 말에 한참을 웃는다. 그리고 그제야 곁에서 숨을 죽이며 쳐다보고 있던 모용찬이 긴장된 가슴을 쓸어내렸다. 다행이다. 정말 다행이다. 이제 이 무서운 곳을 아무 탈 없이 빠져나가기만 하면 되는 일이었다.

“실은 부탁이 있습니다.”

“부탁?”

“예. 궁금한 것이 있는데 대답해 주시겠습니까?”

“좋아. 무언가?”

“련주께서 깨달은 무극은 무엇입니까?”

“……!”

순간 방시혁은 말문이 막혔다. 그는 지금 무명의 질문에 남궁무혁과 동일한 생각을 했다.

“무극이라……. 핫핫! 아직도 그런 꿈을 꾸는 자가 있었던가?”

방시혁이 기분 좋은 미소로 무명을 바라본다. 당돌한 젊은 이가 아닌가? 오가회의 일원인 모용찬을 데리고 적지로 와서 자신에게 도전을 하더니 이제는 무극을 묻는다. 대놓고 ‘네가 깨달은 바를 나에게 보여다오’ 라고 하는 것과 무엇이 다르단 말인가.

하나 기분이 나쁘지는 않았다. 아니, 오히려 마음에 들었다. 무극을 좇는 자라니 얼마나 가슴 뛰는 일인가?

“좋아, 좋아. 내 말이 나온 김에 좋은 것을 보여주지. 난 도를 쓰고 있네. 사람들은 나를 도객이라 부르지. 칠절도라 부르기도 하고, 이제는 도제니 도왕이니 하는 말로 부르더군. 사실 검이나 도, 창과 같은 무구에 있어서 그 무구가 가진 이점은 없네.”

무슨 소린가?

무구의 이점이라면 만병지왕이라 불리는 검이 가장 큰 것이 아니었나?

"만일검, 천일창, 백일도라는 말이 있지."

무명은 방시혁이 어떤 말을 할지 기대감에 귀를 기울였다.

"하나, 그것은 모두 개소리네."

유수와 같은 명언을 개소리로 치부하며 방시혁이 웃는다.

"무구의 이점을 살리는 것은 그 실력이 모자라는 자들이나 내뱉는 소리이며, 편법에 불과한 것이지. 실제로 무구라는 것은 사용하는 자의 실력에 따라 변하는 것이라네. 검이면 어떻고, 도면 또 어떠한가? 사용하는 자가 그 무구의 힘을 제대로 이끌어내지 못하면 말짱 황인 것이지. 안 그런가?"

"……."

대답하기 힘들었다.

"잘 보게. 어떤 무구를 가졌냐가 중요한 것이 아니라 어떤 사람이 어떤 방법으로 사용하는가 하는 것이 중요한 것이네."

말을 마친 방시혁이 자신의 도를 다시금 빼 들었다.

그리고 그의 눈빛이 차분하게 변한다.

웅웅.

방시혁의 기운에 반응하듯이 그의 도에서 작은 떨림이 생겨나며 도가 거친 쇳소리를 만들어내기 시작한 것이다.

‘도가… 울고 있다?’

모두의 머릿속에 든 생각이다. 이제껏 보지 못한 광경에 연회장에 모여 있던 무수히 많은 이들의 눈에 놀람이 스쳐 지나간다.

“도명(刀鳴)이라는 것이네. 무구를 든 자의 기운이 그 무구가 지닌 진정한 힘과 소통하게 되는 단계이며, 그로써 진정으로 그 무구를 사용할 줄 알게 되는 시기이지. 그리고 이것이…….”

방시혁이 도를 잡은 채로 두 눈을 감았다.

띵.

옅은 떨림이 서서히 잦아들며 더 이상 아무런 소리도 나지 않게 되자 고요가 찾아든다. 그 순간 무명을 비롯하여 그곳에 모인 사람들은 신기라 불러도 좋을 만큼의 광경을 보게 되었다.

도신이 휘어진다. 부드럽고 유려하게 움직이기 시작했다. 마치 살아 있는 것처럼 생동감 넘치는 모습으로 도신이 춤을 춘다.

스팟!

흐물거리는 채찍처럼 너울대던 도신이 방시혁의 손을 따라 재빠르게 휘둘러졌고, 눈부신 섬광이 터져 나온다.

사라락.

섬광이 사라지며, 나풀거리듯이 무명의 눈앞에 떨어져 내리는 것.

그것은 바로 무명의 앞 머리카락이었다.

“……”

내공을 담은 것이 아니다. 순수한 도법에 불과했다. 기의 흐름 따위는 애초부터 없었다.

“이것이 바로 의지.”

“거, 검의(劍意)……”

무명의 아랫입술이 엷게 떨려왔다. 스승에게 들은 적이 있는 말이다.

검의(劍意).

검의 뜻, 혹은 검의 의지라는 것. 진정한 검술은 무인의 의지와 검의 의지가 합해졌을 때 완성된다고 하지 않은가? 모용가에서 검술을 접한 이후부터 생각해 왔던 것이다.

“검의 의지라……. 그렇게 부를 수도 있겠군. 하지만 도객이니 도의라고 해야 하나? 뭐, 이름을 짓고자 한 것은 아니니까.”

방시혁은 마치 그런 명칭조차도 듣지 못했다는 듯이 히죽 웃는다. 졌다. 아니, 질 수밖에 없는 상대였다. 검의, 아니, 도의 의지를 깨달은 그를 이기는 것은 처음부터 불가능한 것이었고, 청풍검객이 그에게 이길 수 없었던 것은 당연한 것인지도 모른다. 내공의 강함이 아니었고, 강한 무공을 지녔기 때문도 아니었다. 문제는 자신이 지닌 무구와 무공에 대한 깨달음의 차이였던 것이다.

척.

무명이 방시혁을 향해 공손하게 포권을 올렸다.

"……."

고개를 한참이나 숙이고 있었던 무명의 모습에서 진심이 우러나오고 있음을 방시혁 또한 느꼈다.

"갈 텐가?"

"예. 큰 가르침을 얻었습니다."

"흐흠."

이윽고 고개를 들어 올린 무명이 아직 방시혁이 보여준 일수의 감동에서 벗어나지 못한 모용찬을 향해 말했다.

"가시지요. 볼일은 끝났습니다."

"……."

모용찬은 무명이 내민 자신의 검을 집어넣고는 몸을 돌렸다.

"자네, 무명이라 했나?"

"……."

"언제 한번 사흑련에 찾아오게. 내 술을 거나하게 대접하지."

"술을 즐기지는 않으나 기회가 된다면, 그리하지요."

"그래그래. 크핫핫핫!"

방시혁의 웃음을 뒤로하고 무명과 모용찬은 철마방을 빠

져나갔다.

"무명… 설마! 풍룡!"

두 사람이 완전히 사라진 후에 고개를 갸웃거리면서 익숙한 무명의 이름을 되뇌던 사흑련의 한 무인이 깜짝 놀라면서 벌떡 일어났다.

"푸… 풍룡이야. 분명히 풍룡의 이름이 무명이라고 했어!"

"뭐라고? 풍룡?"

"정말인가?"

"화제의 인물이……."

무인들이 저마다 깜짝 놀라서 무명이 지나간 곳으로 시선을 모으며 웅성거렸다.

"과연… 풍룡이라… 소문이 헛되지 않았군. 무극을 좇는 무인이라……. 크크크, 재미있군, 재미있어. 나야말로 기대해야겠군. 과연 어떤 놈이 될지."

방시혁의 입가에 미소가 지어졌다.

* * *

쏴아아.

바람이 갈대를 스치고 지나며 파도 소리를 만들어내었다. 독서생은 머릿속을 정리하며 제법 먼 거리를 걸어나왔다. 그를 따르는 사황대의 무인들은 혹시나 있을지도 모를 위협에

대비하며 경계를 늦추지 않았고, 밀원주는 말없이 독서생의
뒤를 따랐다.

"휴우… 어찌한다? 어찌하는 것이……."

문득 걸음을 멈추고 하늘을 바라본다. 어두컴컴한 하늘에
는 먹구름이 끼어 별조차 보이지 않았다. 마치 그것이 지금
자신의 마음 같아 이내 고개를 떨어뜨렸다.

"군사."

"응?"

"지금 생각났습니다만… 정문 앞에서 본 자 말입니다."

"그가 왜?"

"무명이라는 이름을 들은 바가 있습니다."

"응?"

"분명 심양 모용세가의 거사를 방해했던 풍룡의 이름이 무
명이라고……."

"풍룡?"

"그렇습니다."

"그랬군. 그가 풍룡이었군. 좋은 기회를 놓쳤군. 미리 알아
보았다면 그를 끌어들여 보았을 텐데……."

"조치할까요?"

"아니야, 아니야. 지금은 그것보다… 정무협의 사안이 더
욱 중요해."

고개를 내저은 독서생은 한숨을 내쉬며 다시금 사색에 잠

겨들었다.

"야! 저리 꺼져!"

문득 갈대밭 옆의 공터에서 아이들의 목소리가 들려온다. 때늦은 밤인데 무슨 일인 것일까? 독서생은 호기심에 소리가 들린 곳을 향해 조심스럽게 다가갔다.

인근에 사는 빈민들이 갈대를 잘라간 뒤 생겨난 공터에 한 무리의 어린아이들이 몰려 있었다. 한 무리의 아이들과 홀로 떨어진 덩치가 왜소한 아이 하나.

무리의 아이들 중 대장으로 보이는 소년이 작은 아이에게 발길질을 했다.

"꺼져! 너 때문이다! 너 때문에 대장이 잡혀간 거야!"

작은 아이는 제법 매서운 주먹에 한 방에 나가떨어졌고, 이 내 그 위에 올라탄 아이로부터 심하게 매질을 당했다.

"무엇 하는 아이들인가?"

"예. 마을 인근에서 소매치기를 하는 아이들 같습니다."

"음."

밀원주의 대답에 고개를 끄덕인 독서생이 애처로운 눈으로 얻어맞고 있는 소년을 바라본다. 힘없이 늘어진 아이의 코에서는 피가 흐르고, 온몸은 진흙더미가 묻어서 엉망진창으로 변해 있었다.

"말릴까요?"

"아닙니다. 저 아이들에게도 그들만의 법칙이 존재하는 것이니까요."

독서생이 제지하자 밀원주가 공손히 물러났다.

아이들의 소란을 보고 있자니 독서생의 미간이 살짝 구겨진다. 어디선가 본 듯한 광경이 아닌가? 그때 문득 그의 머릿속을 오래된 기억이 스치고 지나갔다.

퍼억!

소년이 주먹에 맞아 나동그라진다.

코피가 흐르고 아플 만도 한 고통이었지만, 아이는 말없이 일어났다.

퍼억!

작기만 한 발이 또다시 아이의 복부에 꽂혔다. 고통스러웠지만 기억 속의 아이는 신음성조차 흘리지 않았다.

"너 때문이야! 모두 너 때문이야! 너만 오지 않았으면… 너만 없었으면! 죽어! 죽어버려!"

매질을 했던 울먹이면서 아이를 때렸다.

"그래, 꺼져 버려!"

"우리 마을에서 사라져!"

퍼득 스쳐 가는 기억에 독서생의 눈이 부릅떠졌다. 철마방의 입구에서 마주쳤던 낯이 익은 사내.

“혹 그대의 이름이 어찌 됩니까?”

“무명입니다.”

“무명!”

독서생의 입에서 탄성과도 같은 목소리가 터져 나온다.

‘그래, 그놈이다. 분명히 그놈이야. 어째서… 어째서 알아보지 못한 것일까!’

독서생의 인상이 일그러졌다.

“군사, 어찌 그러십니까?”

갑작스러운 독서생의 행동에 밀원주가 조심스럽게 다가가 묻는다.

“하 원주, 얼마나 걸리겠습니까?”

“무슨 말씀인지?”

“최대의 속도로 뛰어가면 철마방까지 얼마나 걸리겠습니까?”

“얼마 걸리지는 않습니다만…….”

“속히 철마방으로 복귀하세요.”

“…….”

갑자기 무슨 말일까? 이제껏 자신이 보고한 사실 때문에 고심하고 있던 그가 어째서……. 더구나 그의 표정은 심각하기 이를 데 없지 않는가?

“도착하는 즉시 그들을 멈추어야 합니다. 우리가 나오며 마주쳤던 그들. 반드시 잡아두어야 합니다."

"예?"

"시간이 없습니다. 어서요!"

"존명!"

이해되지 않는 내용이었으나 독서생의 명령은 하 원주에게 있어선 곧 법. 이내 대답한 하 원주는 지면을 박차고 철마방을 향해 솟구쳤다. 순식간에 사라져 버린 그의 뒷모습을 보던 독서생이 인상을 찡그린 채로 아랫입술을 씹었다.

"돌아간다."

"존명!"

그의 명령을 따라 사황대가 방향을 틀었다.

'잡아야 한다. 그놈을 반드시 잡아야 해! 이런 실수를 하다니……'

찢어 죽여도 시원치 않을 놈이다. 자신의 아비가 죽고, 함께 살아온 이들이 그놈 때문에 죽었다. 수년간이나 그때 떠났던 둘을 백방으로 수소문했지만 허사였다. 무려 팔 년! 팔 년 동안 복수하기 위해 방시혁을 보필해 사흑련을 지금의 위치까지 만들었다.

독서생, 그의 이름은 바로 팔 년 전 일향촌의 몰락을 함께했던 곽주한이었다.

"저분은 밀원주님이 아닌가?"

“응?”

정문을 지키고 있던 위사들은 엄청나게 빠르게 다가오는 인영에 시선을 집중했다가 그가 밀원주임을 알고는 정문을 열었다.

“밀원주님, 무슨 일로……?”

위사가 말을 마치기도 전에 아직 다 열리지도 않은 정문을 스치며 밀원주가 연회창 안으로 들어가 버렸다.

“응? 왜 저러시지?”

“글쎄…….”

연회장의 분위기는 한창 무르익고 있었다.

좀 전까지 방시혁의 엄청난 무위를 본 터라 무인들은 그 이야기를 안주삼고 있었다.

다다다닥.

갑작스러운 거친 발소리와 뛰어든 인영의 모습에 시선들 돌렸다.

“아니, 밀원주가 아닌가? 무슨 일인가?”

천하성이 그를 알아보고 묻는다.

“헉, 헉! 그들… 그들은 어디로 갔습니까?”

“응? 무슨 소리야? 그들이라니? 일단 숨 좀 돌리시게나.”

“모용찬! 그는 어디로 갔습니까?”

숨이 턱 끝까지 들어찬 밀원주는 빽 하고 소리를 질렀다.

“응?”

갑작스러운 그의 행동에 천하성이 주춤했고, 멀리서 철마 방주와 술을 마시던 사혹련주 방시혁이 묻는다.

"밀원주, 무슨 일인가? 자네는 군사를 호위하고 있어야 하지 않는가?"

"속하, 련주님을 뵙습니다. 군사가 그들을 잡아두라 했습니다."

"뭐?"

"모용세가에서 온 그 젊은 무인들을 세워두라 했습니다."

"그는 나간 지가 한참 되었는데?"

"예? 이런, 늦었군."

천하성의 대답에 밀원주가 깊이 숨을 내쉬고는 아쉬운 탄성을 내지른다.

"꾸물거릴 시간이 없습니다. 일단 후에 다시……."

밀원주가 방시혁에게 인사를 전하고 모용찬의 뒤를 쫓으려는데 때마침 정문을 통해 군사가 사황대의 무사 등에 엎혀 들어왔다.

"됐습니다."

"군사……."

"되었습니다. 놔두세요. 어쩔 수 없지요. 지금은 그런 일에 중요한 전력을 허비할 시간이 없습니다."

"하나?"

"언젠간 만나게 되겠지요. 그들 또한 무림에 있는 이상."

독서생 곽주한 또한 아쉬운 듯이 아랫입술을 질겅질겅 씹었다.

"어찌 된 일인가, 군사? 도대체 무슨 일인 게야? 모용가의 자제가 어째서?"

"아, 련주님. 별것 아닙니다. 단지… 그와 함께한 사내……."

"그 사내가 왜?"

"그냥 오래전 작은 악연입니다."

"악연?"

"예. 신경 쓰지 마십시오. 다시 만나게 되겠지요. 자자, 들어가십시오. 오늘은 즐거운 날이 아닙니까?"

금세 분위기를 바꾸어 웃은 독서생이 의아한 표정을 짓고 있는 사흑련주와 천하성, 밀원주를 끌고 연회장 안으로 들어갔다.

'놈… 풍룡이라는 이름으로 돌아왔구나. 무림에 있는 이상 곧… 곧 만나게 되겠지. 그때는 반드시…….'

그의 눈에 살기 어린 기광이 스쳤다.

『무림군자』 제3권에 계속…

참마도 新무협 판타지 소설

鬼弓士
귀궁사

**참마도 작가!! 그가 『무사 곽우』에 이어
다섯 번째 강호 이야기를 새롭게 풀어내다!!**

"길의 중앙에서 멋지게 서서 당당히 걸어가래.
사람으로 태어난 이상 그 누구도 당당하게 살아갈 권리는 있다고 말이야."

단야의 오른손이 꽉 쥐어졌다. 별것도 아닌 말이다.
하나 이토록 마음에 남는 소리는 없었다.
사람으로 태어나서……

요물, 괴물.
나이를 먹지 않는 월홍과 얼굴이 징그럽게 망가진 단야.
그들 앞에 펼쳐진 강호란……!

유행이 아닌 자유추구 -
WWW.chungeoram.com
Book Publishing CHUNGEORAM

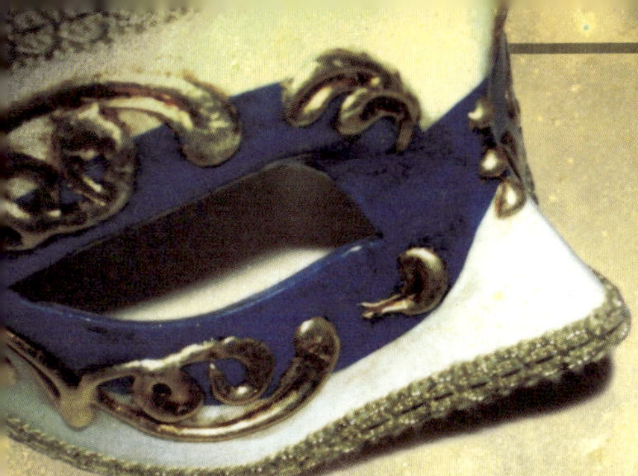

눈매 퓨전 판타지 소설

the Mask of Leon

가면의 레온

중원을 공포로 떨게 만든 희대의 악마, 혈마존.
그의 영혼이 기억을 잃은 채 차원 이동을 한다.

한 소년과 몸이 바뀐 후 깨어난 혈마존.
기억은 지워지고 싸가지없는 본성만 남았다!
욱할 때마다 튀어나오는 살벌한 말투와 그의 독자 무공.

'아, 나는 왜 이렇게 성격이 더러운가?
어째서 이리도 잔인한 기술을 알고 있는 것인가? 착하게 살고 싶다.'

살인광이었던 그가 전혀 어울리지 않는 대신관이 되기로 결심한다.
하지만 그 본성이 어디 가나……

"이런 빌어 처먹을 놈들, 신전에서 봉사 활동 안 할래?"

임준욱 장편 소설

무적자

WITHOUT MERCY

그의 이름은 임화평(林和平)이다.
이름처럼 살기를 소망했고 그렇게 살아왔다.
그를 건드리지 말았어야 했다.
조용히 살게 놔두었어야 했다.

"너희들 실수한 거야.
내 세상의 중심,
내 평안의 근거를 깨뜨린 거다.
세상 전부와도 바꿀 수 없는……
알게 해주마, 너희들이 누구를 건드린 건지."

그의 고독한 여정이 시작되었다.

─오, 바라타족의 아들이여. 언제든지 정의가 무너지고 정의가 아닌 것이
판을 치는 때가 되면 나는 곧 나 자신을 나타내느니라.
올바른 자를 보호하기 위하여, 악한 자를 멸하기 위하여, 그리하여 정의를
다시 세우기 위하여, 나는 시대에서 시대로 태어난다.

〈바가바드기타 중에서〉

유행이 아닌 자유추구 ─
WWW.chungeoram.com
Book Publishing CHUNGEORAM

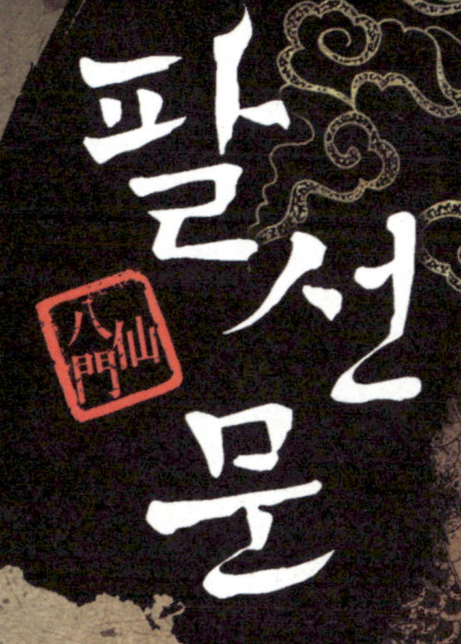

정봉준 新무협 판타지 소설

『철산전기』의 작가 정봉준!!!
팔선문을 통해 또 다른 유쾌함을 선사한다!!

뛰어난 자질을 갖춘 팔선문의 대제자 유검호,
그의 치명적인 단점은 게으름과 의지박약!

천하제일마두의 기행에 재수없이 동참하게 된 의지박약아.
갖은 고생 끝에 가까스로 고향으로 돌아오다.

"무림? 그딴 건 개나 주라 그래. 나만 안 건드리면 돼!"

시간을 가르는 그의 행보에 무림이 뒤집어진다!!!

유행이 아닌 자유추구 -
WWW.chungeoram.com
Book Publishing CHUNGEORAM

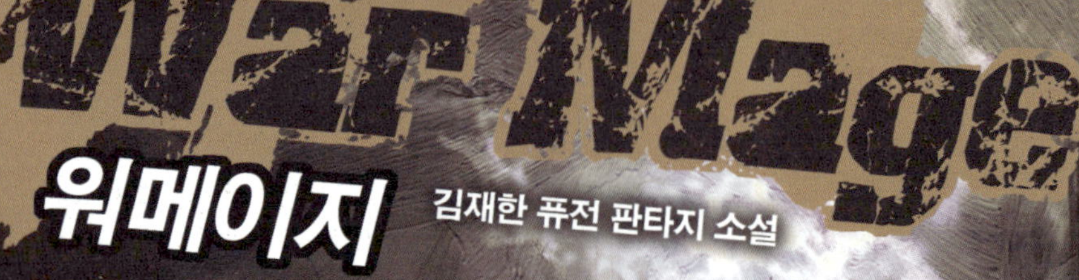

워메이지

김재한 퓨전 판타지 소설

사람들이 인식하는 상식의 세계 이면,
짙은 어둠이 드리워진 그곳에 사는 괴물들이 있다.

문명이 드리운 그림자 속에서, 전투기계들과
인간의 사념으로부터 태어난 마물들이 격돌한다.
마법과 주술이 난무하는 초현실적인 전장,
소년은 그곳에 서는 대가로 인생을 잃었다.
운명의 노예가 되어 가족과 인성을 잃어버린 소년, 진유현.

총염(銃炎)과 검광(劍光)이 뒤얽히는
어둠의 거리에서, 운명의 족쇄를 끊고 나온
소년의 눈이 살의를 발한다.

유행이 아닌 자유추구 -
WWW. chungeoram.com
Book Publishing CHUNGEORAM